AF503216

LES PAILLASSES

DE

MON TEMPS

PAR

EUGÈNE BRESSON

PRIX : 1 FRANC

NIMES
COUTERON-LINGERAT, LIBRAIRE
Place Saint-Antoine, 1

1882

LES

PAILLASSES DE MON TEMPS

NIMES. — IMPRIMERIE TYPOGRAPHIQUE DUBOIS, RUE BERNARD-ATON, 2.

LES PAILLASSES

DE

MON TEMPS

PAR

EUGÈNE BRESSON

PRIX : 1 FRANC

NIMES

. COUTERON-LINGERAT, LIBRAIRE

Place Saint-Antoine, 1

1882

INTRODUCTION

Afin d'éterniser leur gloire
Et leurs triomphes éclatants,
Je vais graver sur le grand livre de l'histoire,
Tous les Paillasses de mon temps.
Pendant un an, j'irai sur le vaste théâtre
Où les couvre de fleurs, la sottise idolâtre,
Entendre leurs discours et, d'un œil curieux,
Suivre celui qui joue et parade le mieux.
Bien que ma tâche soit ardue,
Placé derrière le souffleur,
Si je les apprécie à leur juste valeur,
Ma peine, je le crois, ne sera pas perdue.
— Le régisseur, vivant marteau,
A frappé les trois coups, on lève le rideau,
Le décor est superbe, à droite de la scène
Est le Palais-Bourbon qui voit courir la Seine.
Au fond, le Luxembourg. Son jardin verdoyant
Doré par le soleil, lui donne un air riant.
Les quais sont envahis, une foule compacte
Débouche par les ponts en flots capricieux.
Chut! voici les acteurs fardés jusques aux yeux.
Bravo! je vais enfin, jouir du premier acte.

LES PAILLASSES DE MON TEMPS

Opportuniste et Jacobin

— Vous critiquez journellement
Les hommes du Gouvernement.
On pourrait mettre un frein à votre aveugle rage.
— Mon cher ami, vous radotez,
Je ne dis que des vérités,
Est-ce qu'en parlant clair, ma langue vous outrage.
Quoi ? pour fouetter des intrigants,
Me faudra-t-il mettre des gants.
Quand je vois, de Cahors, la goule grossissante
Aux gencives de fer, à la griffe puissante,
Arriver au pouvoir avec dextérité,
J'admire la naïveté
Du bourgeois de Paris qui, devant ce vampire,
Se vautre, en souriant, comme au temps de l'Empire.
O couarde société !
Une goule n'est pas un vampire ordinaire,
Pour étancher sa soif elle a de longs suçoirs,
Je la vois tous les jours ainsi que tous les soirs,
Pour mieux tromper les sots, prendre un air débonnaire.
Et dire d'un accent qui semble convaincu :
L'affreux despotisme a vécu.
Et cette goule est entourée,

Les affamés du jour viennent la contempler.
Des hableurs de Paris je la vois vénérée,
Et pour être obéie elle n'a qu'à parler.
Elle aime les plaisirs, la table et le tapage.
On voit dans son palais nos riches financiers,
Et comme elle a des goûts princiers,
Mons Coquelin lui sert de page.
Elle a la main à tout, ministres, députés,
Sont à plat-ventre, à ses côtés.
Puis, elle est pleine de malice
La Chambre, le Sénat et, surtout la police
S'inclinent devant elle, en s'écriant bien haut,
Voilà la reine qu'il nous faut,
Elle est le bouclier de la paix et de l'ordre,
Et vous ne voulez pas que je rie à me tordre
En voyant un spectacle aussi réjouissant
Où l'imbécillité le dispute au plaisant,
Je voudrais bien savoir où, cette énorme goule
Devant la quelle, hélas ! se prosterne la foule,
A trouvé les écus qui gonflent son gousset.
Eh ! mais, le diable seul le sait.
Un jour qu'elle ronflait dans les bras de Morphée,
Au dire d'un farceur, une charmante fée
Fille de l'opulent magicien Phator,
Déposa sur son lit une corbeille d'or.
Qu'en dites-vous ? pour moi, je n'en crois rien, c'est bête,
Ce pauvre racontar est vieux comme le temps,
La goule, en attendant, dévore à belles dents,
Les déjeuners exquis apprêtés par Trompette,
Et la goule fait bien, et la goule a raison,
Elle a chevaux, laquais et grand train de maison.

On dit que Paris la grand'ville
Doit lui voter bientôt une liste civile,
Holà !
Que vont donc dire de cela
Les électeurs de Belleville?
Ma foi ! je n'en sais rien ; mais s'ils criaient trop fort,
Je leur dirais : allons Prudhommes politiques,
Montrez-nous sur le champ, que vous êtes pratiques.
En faisant la *rizette* à Monsieur Rochefort.
Du moment que la goule est ingrate et parjure,
Et qu'elle vous a fait l'injure
De vous abandonner pour monter au pouvoir,
Acclamer Rochefort est, pour vous, un devoir.
Grâce à ce noble esprit, grâce à ses reparties,
Corbleu ! je suis persuadé,
Qu'au sein de vos foyers, l'hiver comme l'été,
Les cailles tomberont rôties.

A propos des fêtes de Cahors

— Mon cher, n'en soyez pas surpris,
Cahors l'emporte sur Paris.
On y donne une comédie
D'une facture un peu hardie,
— Qui l'a conçue? — un gros malin
D'une nature très prudente.
— Le rôle principal (chose fort importante)
Est-il tenu par Coquelin?
— Du tout, il a trouvé son rôle pitoyable.
Il a refusé net de le jouer. — Ah ! diable !

Coquelin veut toujours être sûr du succès.
— Voilà pourquoi Cahors sur sa petite scène
Aura le triste honneur d'une pièce malsaine.
Elle eût été sifflée au Théâtre-Français.

O Tempora !

— La France est ramollie. Elle n'a qu'un désir
Effrenné, persistant, — s'enivrer de plaisir.
       Gagner de l'or à bourse pleine,
       Et boire sec comme Silène ;
Danser comme Vestris dans un bal d'apparat,
       Jouer, la nuit, au baccarat,
Pour elle, ce désordre est le bonheur suprême. —
       Laissant l'emphase de côté,
       Je dis avec simplicité :
       Le sang français est une crême
       Faite avec du lait frelaté.
— Vous allez un peu loin, vous frisez la sottise,
Si vous parliez au club, ont vous jetterait hors,
       — Après les fêtes de Cahors.
       Que voulez-vous que je vous dise.
       Dans son superbe festival,
Bien gantés, mal peignés, j'ai vu bien des gorilles,
Et puis, comme à Paris, un jour de carnaval,
Pas mal de clowns masqués, et force Mascarilles
       A part quelques libres-penseurs
       Et quelques esprits énergiques,
La France est faite pour savourer les douceurs
       Des berquinades monarchiques.

Témoin le fait suivant que mon âme a maudit.
Le valet qui répond au nom de Saint-Hilaire (¹)
Et que la couardise écœurante abrutit,
Aux genoux de Bismarck, lâchement s'applatit.
Devant cet acte affreux, j'étouffe de colère,
Je pâlis, je rougis, et je dis plein d'horreur,
En voyant ce vieillard pantelant de terreur :
Grâce à nos dirigeants qui sont de vils Gérontes,
Depuis Sedan, la France a bu toutes les hontes.

Le 9 juin

ENTRE SÉNATEURS

— Ami, pour faire pièce au sot gouvernement
Qui nous fatigue, il faut agir comme un seul homme.
— Mais triompherons-nous? — Oui, certes, voici comme,
    Quand les urnes circuleront,
    Cachant le fiel qui nous dévore,
    Nos doigts rusés transformeront
Les urnes du Sénat en boîtes de Pandore.
    — Allons, marauds, pas tant de bruit,
    Vous êtes des oiseaux de nuit
Dont l'éclat du soleil fait cligner les paupières,
Votez bien, ou sinon, gare les étrivières.
    — Qui parle ainsi ? — C'est Gambetta,
Mais ses ex-complaisants que Simon excita,
Dans l'urne aux flancs discrets ont déposé leur vote.

(1) Voyez la lettre de M. de Saint-Hilaire.

La coalition triomphe. A qui la faute ?
Le célèbre Gênois, devant ce résultat,
Indigné, furieux, du pied frappe la terre,
Tant pis pour lui, pourquoi ce fils de prolétaire
Allait-il à Cahors, jouer au potentat.
      L'espèce humaine est ainsi faite :
Quand un nain belliqueux veut trancher du géant,
Au lieu de la victoire il trouve la défaite
      Qui le plonge dans le néant.

A l'Elysée, la veille du vote, 8 juin

Tous deux jouent aux échecs, l'un est ce gros sournois
Qu'on nomme Gambetta, mi-français, mi-gênois,
      Qui joue avec inadvertance.
      L'autre est Grévy, ce fin matois
      Tenace comme un franc-comtois,
      N'agit jamais qu'avec prudence.
L'un fait avec ardeur marcher son cavalier,
L'autre pousse en avant, son fou, sans sourciller.
      Une nombreuse galerie
      Suit chaque coup, pleine d'émoi,
Quand, l'air joyeux, Grévy s'écrie :
      Je prends la tour, échec au roi.
Alors Gambetta mord sa lèvre frémissante,
      Confus, froissé dans son orgueil,
Il sèche avec l'index, dans sa rage impuissante,
      Un pleur qui tombe de *son œil*.

Au moment du vote, 9 juin

Devant l'éclat de la tempête,
Le bouillant Gambetta crie et lève la tête.
Il jure, il gronde, il est bruyant.
Grévy le taciturne,
Comme l'oiseau nocturne,
Est d'un calme effrayant.
Puis, quand le noir orage
Dans les flancs du scrutin a répandu sa rage,
On voit le taciturne écraser le bruyant.

Le 9 juin

Le Sénat a tonné comme Jupin-Stator,
Ses foudres ont atteint les hauteurs politiques.
Revenons-nous aux temps antiques ?
Si le géant d'Arras eut son neuf thermidor
Qui fit sombrer la République,
Le gros nain de Cahors, au gosier famélique,
Vient d'avoir son neuf juin qui fait rire Paris
Et pâlir Coquelin sous sa poudre de riz.
Le blond Spuller frémit de rage,
Le général Farre effrayé
A pris à deux mains son courage
Pour ne pas tomber foudroyé.
Le grand Trompette seul rit de ces asthmatiques
Qui ne sont à ses yeux que de vils ramollis.

Jamais la foudre des orages fatidiques,
    Ne fera tourner ses coulis.
Et demain, le gros Ranc, esprit plein de malice,
Qui du Palais-Bourbon est l'agent de police,
Surveillera Grévy qui pourrait bien, un jour,
Au Plutus de Cahors jouer un mauvais tour.

Séance à propos de l'Algérie

Non, jamais je n'ai vu pareille couardise.
Tantôt en clé de sol, tantôt en clé de fa,
Nos clowns ont ânoné bêtise sur bêtise
A l'endroit du Sultan du palais Mustapha.
Puis, ils n'ont pas voulu tuer un ministère
Où bêlent des Cazot, des Farre, des Constans,
Triples sots, s'il en fut, ridicules pédants,
    Q'on sifflerait en Angleterre
Et qu'on empalerait chez les Mahométans.
Quel gâchis ! quelle boue ! et quelle platitude !
Chez le peuple français, jadis si respecté,
    Cette effroyable insanité
    Est devenue une habitude,
Grâce à ses dirigeants frappés de cécité,
Et puis aussi, corbleu ! j'en ai la certitude,
    Grâce à son imbécillité.
— Quand le sang se corrompt, vient la décrépitude. —
On encense le mal qui promet le bonheur,
On se livre aux plaisirs, aux banquets, à la danse,
On piétine le bien, on crache sur l'honneur
Et l'on se trouve un jour en pleine décadence.

— O Paris! joué par de plats ambitieux,
Te verrais-je descendre au rôle d'un Géronte?
    Plutôt que de voir cette honte,
    O mort! viens me fermer les yeux.

M. Rochefort ne veut pas être député

ENTRE ÉLECTEURS DE BELLEVILLE

27 Juillet 1881 (1)

    — Foin de la députation,
    Telle est son exclamation.
    De cette bourde surannée
    Je ne lui fais pas compliment.
Va! s'il n'affronte pas le scrutin, cette année,
C'est qu'il craint un échec, je le dis carrément.
S'il pouvait l'emporter sans trop de résistance
Sur l'Apis de Cahors, tu peux être certain,
    Qu'avec un air plein d'importance,
Ce beau marquis ferait la *rizette* au scrutin.
Nous devons admirer son excès de prudence.
    Si j'étais cet *homme d'Etat*
    Qu'on croit aussi profond qu'habile,
Je me ferais porter, demain, à Belleville,
    Pour faire pièce à Gambetta.
— Ce serait le moyen de savoir au plus juste,
Ce que vaut Rochefort aux yeux d'un électeur.

(1) Voyez les journaux du jour.

— Mais non, ce personnage auguste
Regarde le scrutin du haut de sa grandeur.
Il en fait fi. — Holà ! sifflets, fifres, cymbales
        Qui toujours êtes bien reçus
Quand vous venez fêter, au vieux quartier des Halles,
        Les noces d'or de deux bossus.
Et vous, chapeaux chinois aux brillantes sonnettes,
Trombonnes enroués, bruyantes clarinettes,
Vibrez, grincez, grondez en l'honneur du dédain
Qu'a Monsieur Rochefort pour ce pauvre scrutin.

Les 363

        De ce marécageux troupeau
A la graisse puante aux trois quarts hydropique,
        J'ai fait souvent saigner la peau
Sous les coups répétés de ma lanière épique,
Son berger, gros barnum au ventre omnipotent
Qui tond un large pré dans quatre coups de dent,
        Leur clame d'une voix fiévreuse :
        N'ayez jamais la panse creuse,
Imitez-moi, mangez à bouche que veux-tu ?
Autrefois, un *réac* cité pour sa vertu,
Disait en souriant : enrichissez-vous, frères.
Des sots trouvèrent ces paroles téméraires,
Tristes, honteuses mêmes, et des esprits naïfs
Echangèrent entr'eux, des propos un peu vifs
Eh bien ! moi je vous dis d'une langue pratique :
Engraissez-vous, bâfrez pour charmer vos loisirs,
Et gravez dans vos cœurs ce beau dicton antique :

Les sots sont ici-bas pour nos menus plaisirs.
A ces mots prononcés d'une voix frémissante,
On vit ces ruminants à la marche pesante,
      Humant l'air pur et frais,
      Sortir de leurs marais
      Et prendre au pas de course,
En se battant les flancs le chemin de la Bourse,
Terre de Canaan si féconde en engrais.
Et leur noble barnum, d'un air mélancolique,
Refoulant aux talons son âme de Brutus,
En les voyant monter au temple de Plutus,
S'écria : Bénis-les, ô sainte Republique !
Alors Léon Renault, émule de Laurier
Qui fit l'emprunt Morgan, œuvre assez réussie,
Dans le temple sacré, pénétrant le premier,
Dit : Nous avons un coup à faire en Tunisie.
Sur ce, nos financiers doués d'un cœur ardent,
      Ouvrant les yeux, dressant l'oreille,
      Groupés autour de la corbeille,
Crièrent : à Tunis !!! le succès nous attend.
      Et la guerre tant désirée
      Par Gambetta, fut déclarée.
      Bravo ! génois, je suis content.

Un paillasse du jour et moi

— Poète, votre cœur est donc bien irrité.
Vous critiquez sans fin, des hommes bons et justes.
— Je ne critique pas, je dis la vérité
A tous vos prétendus personnages augustes.

— Votre rire est amer et toujours plein d'aigreur,
Je vous le dis sans fard : Votre haine vous grise.
— Halte-là ! pour le coup, vous êtes dans l'erreur,
            Peut-on haïr ce qu'on méprise ?
A mon tour, je dirai sans fard : Croyez-le bien,
Quand il ment sciemment l'homme se rapetisse,
La haine qui bouillonne en mon cœur plébéien,
S'appelle simplement l'amour de la justice.
Je hais les flibustiers, les couards, les Pasquins
            Et les Paillasses émérites,
Ainsi que les roublards, les faux républicains
            Et les infâmes hypocrites.
Est-ce clair ? là-dessus, sans vous serrer la main,
J'allume mon cigare et poursuis mon chemin.

Le Gambetta du 20 mai 1881

Si Rabelais vivait au beau siècle où nous sommes
            Au lieu de rire finement
Devant nos avocats déguisés en grands hommes,
Il pousserait, je crois, un sourd ricanement
En voyant Gambetta, vaillant comme un Cyclope,
            Ou comme Horatius-Coclès,
Il se demanderait si, sous cette enveloppe,
Il ne se cache pas un nouveau Périclès.
Mais puis, se ravisant en le voyant à table
            A l'heure ou sonne l'*Angelus*,
Dévorer bruyamment un diner confortable,
Il dirait en prenant un air peu charitable :
Ce gros bonhomme n'est qu'un petit Lucullus.
            Qu'il boive ou bâfre à bouche pleine,

La France peut dormir tranquille assurément.
Et si jamais il meurt, à son enterrement,
Le deuil sera conduit par l'impudent Silène.
A ces mots pleins de sens, le curé de Meudon
Au rire aussi gaulois que celui de Voltaire,
En chantonnant : *Ton-ton mirontaine, ton-ton,*
    Regagnerait son presbytère.
Je partage l'avis de ce curé mondain,
Un Lucullus n'est pas à craindre, c'est certain,
    Car il est de race porcine.
    Pourvu qu'il ait bonne cuisine
    Et qu'il sente son ventre plein,
    Il est content comme un vilain.
Pour jouer au César ou bien au Bonaparte,
Il faut à travers monts se frayer un chemin,
Jouer sa peau comme un écu sur une carte,
    Avec le calme d'un romain,
Mais Gambetta-Falstaf, César de fantaisie,
Loin de jouer sa tête une heure seulement,
Aimerait cent fois mieux se noyer doucement
    Dans un tonneau de Malvoisie.
Quand les intransigeants soutiennent mordicus
Qn'il voudrait être un jour cousin du roi de Grèce,
Je suis très étonné que maître *Historicus*
Ne les relève pas du péché de paresse.
Cet illustre avocat, filleul de Bilboquet,
M'amuse presque autant que le savant Naquet,
Quand, dans son grand journal, modèle d'élégance,
    Plein de brillantes qualités,
Il montre de son style avare d'éloquence
    Les nombreuses gibbosités.

Le Gambetta du 12 août 1881

Je veux le flageller sans chercher à savoir
    Si je fais ou non mon devoir.
    Obéissant à ma nature,
    Je dois traiter comme faquin,
    Ce prétendu républicain
Qui, j'en suis convaincu, rêve la dictature.
Gambetta dictateur !!! Eh ! mais cet intrigant
Aurait-il besoin d'un nouvel emprunt Morgan ?
Peut-être. D'après son discours de Belleville,
Je vois qu'il n'attend plus qu'une Chambre servile,
Et couarde à la fois, pour nous jeter le gant.
Il n'est qu'un cœur de boue, il n'est qu'une âme vile.
Qui peut voir aujourd'hui d'un œil indifférent
Ce Sylla du ruisseau briguer le premier rang.

Mon ami Delescluze

Un noble désespoir peut seul me secourir.
O sainte liberté ! ton amour me transporte,
Mon pays est perdu, la République est morte,
    Il ne me reste qu'à mourir.
Et ce preux convaincu de l'ancienne décade,
    Calme comme un romain
    Sa badine à la main
Alla mourir debout sur une barricade
Ah ! comme les malins qui trônent aujourd'hui

Doivent rire *in petto*, d'un mort de cette taille,
Qui méprisait les coups de l'horrible bataille
    Qui serpentait autour de lui.
    Et je le dis sans réticence,
D'une voix indignée et pleine d'âpreté :
Honte, honte aux couards que la bêtise ensence,
Et qui, marqués au front du sceau de l'impuissance,
Arrivent au pouvoir grâce à leur lâcheté.
    Parmi les vaillants prolétaires
Que le canon détruit de vingt ans en vingt ans,
Toujours grands, toujours beaux, jusqu'à la fin des temps
Delescluze et Baudin resteront légendaires.
Et je dis à ceux qui, plongés dans la stupeur,
Jusqu'à Saint-Sébastien couraient bride abattue,
    Fuyant talonnés par la peur
Le boulet qui fracasse et la balle qui tue,
Qu'ils ne seront jamais aux yeux des vieux penseurs
Qui savent d'un méfait mesurer l'étendue,
    Que d'abominables farceurs.

Après l'élection de Charonne

    O vicissitude humaine !
Qu'il est dûr, ò Mangins ! pour vos âmes romaines
De voir le black-boulé de Charonne aux abois,
Traqué par l'électeur comme un loup dans un bois.
Les soldats d'Attila détournèrent un fleuve
    Pour y cacher ce roi hautain.
Si jamais, jour de deuil pour vous, la France est veuve,
Du *barnum* dont vos yeux pleureront le destin,

Sans négliger la mise en scène,
Après un discours éloquent,
Detournez le lit de la Seine
Pour y coucher le roi que fit l'emprunt Morgan.
O doux rapprochement : pour remplir ses sacoches,
Attila se servit d'un sabre meurtrier,
Le pître de Cahors, pour arrondir ses poches,
Des mains honnêtes de Laurier.
Attila, c'est la force aidant la persistance,
L'audace et la valeur ne formant qu'un faisceau,
Mais Gambetta, c'est l'impudence,
La sangsue et le vermisseau.
Attila, c'est le sang, Gambetta c'est la boue
Qui roule au fond du noir ruisseau
Où la fortune fait souvent passer sa roue.
— Attila ! Gambetta ! ces deux noms immortels
Grâce aux vampires politiques
Q'auraient flétris les temps antiques,
Verront toujours l'encens fumer sur leurs autels.
Heureusement qu'un jour, les masses plébéiennes,
Au bruit retentissant de leurs mâles antiennes,
Briseront ces autels où trône l'impudeur,
Et fouleront aux pieds, terribles, menaçantes,
Comme des goules malfaisantes,
Ces dieux au langage menteur.

M. de Rochefort

Léger, spirituel, audacieux, alerte
Comme au beau temps où dans une langue un peu verte
Il riait des travers de la société,

Cet ami de la vérité,
Dans son *Intransigeant* aux épaules d'Hercule,
Souvent sans s'en douter, frise le ridicule.
Il narre des faits qui n'ont jamais existé.
Mais sa plume railleuse, incisive et fringante,
Bien que raisonnant faux, est toujours éloquente.
Quel *brio* ! Quel éclat ! Quel art phénoménal !
Il a tous les transports, il a toutes les fièvres,
Le rire parisien court toujours sur ses lèvres,
    On n'est pas plus original.
Il aime à faire la cuisine politique.
C'est là son tort, car bien qu'il ait les cheveux gris,
    Ce bel esprit que je critique,
Sera toujours pour moi le gamin de Paris.
— Les politiciens ont le cœur du vampire,
    Le sien est bon, probablement.
Qu'il se contente alors d'avoir eu son moment
Quand, de son martinet, il fustigeait l'Empire.

L'Opportuniste et moi

— Votre haine rugit dans vos vers épineux,
Et vous la vomissez toujours à bouche pleine.
    — Si la justice a de la haine,
    Dites-moi que je suis haineux.

Les esclaves ivres

Il est des jours maudits, il est des jours prospères.
C'est le sort des humains d'être ainsi ballottés,
O doux Gambetta ! quand, les regards irrités,

Tu t'écrias : J'irai jusque dans leurs repaires,
Châtier ces *gueulards*, ces *voyous* effrontés,
Ces *braillards* sans pudeur et ces *esclaves ivres*,
Tu commis une faute, et lorsque tu te livres
A ses transports, je ris d'un rire si cossu
Qu'il épouvanterait n'importe quel bossu.
Tu ne voyais donc pas que ta langue enfiellée
Mettait à nu l'état de ton âme affolée?
Les grand cœurs n'ont jamais de si tristes écarts,
Le calme rassurant brille dans leurs regards.
Quand ils parlent au peuple ils emploient la harangue,
Ils savent mettre un frein salutaire à leur langue.
  Il n'appartient qu'aux malotrus,
  Qu'aux saltimbanques, qu'aux intrus
  Toujours avides de scandale,
De se servir des mots qu'on n'entend qu'à la halle.
On se ressent toujours du lait qu'on a sucé.
Le paysan ne peut agir en gentilhomme ;
Et bien qu'il soit prudent et qu'il ait l'air sensé,
Le bouffon n'a jamais les allures d'un homme.
Ainsi donc, Gambetta, l'esclave pris de vin
Qui vomissait à flots des injures brûlantes,
C'était toi qui hurlais et trépignais sans fin,
En faisant écumer tes lèvres violentes.
Non, non, ce n'était pas le peuple au noble cœur
Qui, superbe et bruyant, te jetait à la face,
Sous le terrible éclat de son sifflet moqueur,
  Des vérités que rien n'efface.
Imprudent, tu le vois, oubliant le danger
Que tu courais, tu dis, l'impudence à la bouche :
J'irai te châtier, et lui, sombre et farouche,

Ne voyant rien venir, lui, viendra te chercher.
Ce grand justicier brise tout ce qu'il touche.
Pour les ambitieux sans foi, fatalement,
Arrive tôt ou tard l'heure du châtiment.
       Crains que le lion populaire,
       Franchissant un jour les degrés
Qui conduisent au sein de tes lambris dorés,
Ne se présente à toi, rugissant de colère,
Plongeant ses yeux ardents dans les tiens effarés.
Alors l'emprunt Morgan te venant en mémoire,
Tes serments oubliés, tes mensonges hideux
Qui souillent aujourd'hui les pages de l'histoire,
       Te feront prendre un air piteux
       Quand lui, fouillant toutes tes hontes,
Bien qu'écœuré, dira fièrement : A nous deux.
       Sans plus tarder réglons nos comptes,
       Alors pour tes nombreux valets,
       Viendra, railleur par excellence,
       Troublant leur douce somnolence,
       Le quart d'heure de Rabelais.
       Mais cette troupe malfaisante
Qui fut si lâchement couarde et complaisante,
Et qui te rendit des services importants,
Disparaîtra suant la peur, grinçant des dents,
Dans son marais à l'eau bourbeuse et croupissante,
Te laissant seul devant ton juge courroucé,
       Certaine d'obtenir sa grâce
En reniant trois fois, son maître et son passé.
Chiens bien dressés ne font jamais mentir leur race.

A propos des élections générales du 21 août

Quand un peuple sans cœur et sans moralité
Est assez perverti pour faire un député
D'un gueux qui s'applatit, jadis, devant l'Empire,
    Ce peuple stupide m'inspire
Un dégoût si profond que je le forcerais
A boire, au lieu de vin, l'eau noire du marais.
    Et s'il trouvait la chose étrange,
Je prendrais des chardons, et lui dirais : Tiens, mange.
Hélas ! je viens de voir ces votes écœurants
    Dignes des pauvres peuples slaves.
Je le dis attristé : Les esprits ignorants
Se comportent toujours comme de vils esclaves.
    Mais j'entends dire à mon côté,
D'un air presque attendri qui me froisse et me blesse :
On peut bien pardonner un moment de faiblesse.
Appeler : *faiblesse* une insigne lacheté,
    Cela part d'un cœur sans noblesse,
    Et moi je réponds sans détour
A cette impudente et honteuse prudhommie :
Quand un républicain pardonne une infamie,
Il n'est pas éloigné d'en faire une à son tour.

La justice

La justice n'est pas cette vieille bigote
Sous les yeux de laquelle un avocat ergote,
    Citant son Dalloz de travers.
C'est une jeune femme aux mamelles puissantes,

Aux yeux remplis d'éclairs, aux lèvres frémissantes,
Qui porte la terreur dans l'âme des pervers,
C'est une Déesse implacable,
Au cœur noble et plein de grandeur.
C'est toujours d'une main terrible qu'elle accable
Les politiciens au langage menteur.
C'est la fière Thémis du lion populaire.
Si jamais, jours heureux ! elle vient ici-bas,
Les fourbes menacés du poids de sa colère
Fuiront épouvantés au seul bruit de ses pas.
Alors nous n'aurons plus ces drôles sans chaussures
Devenus en un jour riches à millions,
Car sa main vengeresse aussi prompte que sûre,
Décorera leur dos de leurs premiers haillons.
Quand la justice ainsi rendue
Dissipera l'effroi des cœurs intelligents,
De la corruption, patronne des méchants,
On verra tomber la statue.
Sur ces tristes débris le peuple rassuré,
Formant de nombreuses phalanges,
Couvrira de vivats Paris régénéré,
Et du bien triomphant chantera les louanges.

Vox populi

Il ne peut pas toujours pleuvoir au même endroit.
Il vient un matin où le Dieu du jour dirige
Dans l'air empourpré, son éblouissant quadrige,
Et sous ses feux la moisson croît.
Le siècle ou nous vivons, est un siècle de boue

Au sein de laquelle se joue
L'écœurante immoralité. /
Dans le siècle suivant, grâce à la liberté,
Génie aux aîles d'or, l'atmosphère épurée,
Sous le char du soleil aux bienfaisants rayons,
Cachera dans les plis de sa robe azurée,
Les souillures que nous voyons.

Les deux Chambres

Quand je vois cajoler le lion populaire
Pour mieux le tromper, par de sinistres faquins.
Je me dis en voyant ces faux républicains :
Valent-ils de ma part un seul cri de colère ?
Non, je jette sur eux un regard de mépris.
Et s'ils se fâchent, je souris.
Muse de ma belle patrie !
Rien n'est beau comme ta gauloise raillerie.
Tu m'en donnas assez pour déchirer la peau
Du berger et des chiens qui guident ce troupeau
Dont la graisse est visqueuse, et la laine, pourrie.
Voilà déjà quatre ans que ces beaux favoris
De l'aveugle fortune, ont maison à Paris.
Ont-ils dans leur sollicitude,
Fait baisser les impôts ? ont-ils mis à l'étude
Les questions qu'attend vainement l'ouvrier ?
Non, non, non, ils vont tous, sans se faire prier,
Au palais de la Bourse où, chacun d'eux s'empresse
De suivre son berger qui tripote et s'engraisse.
Honte, honte cent fois, oui, honte aux électeurs

Qui hissent au pavois ces graves imposteurs.
Honte, honte sans fin, aux esprit rachitiques
    Qui renouvellent le mandat
    De ces histrions politiques
Qui paradent si bien sur le char de l'Etat
Honte, honte aux ruraux, véritables bons hommes
    Qui croient acclamer des Catons
Comme si les Catons dans le siècle où nous sommes
Etaient, hélas! aussi communs que leurs moutons.
— Des besoins plébéiens ces bateleurs n'ont cure,
Leur mandat, à leurs yeux, est une sinécure.
Ils *guignent* nuit et jour les postes importants,
Puis, quand ils sont blottis dans un gras ministère
Où devant le veau d'or, leur berger déblatère,
Ainsi que les rongeurs ils aiguisent leurs dents.
Ces tripoteurs, entr'eux, se pardonnant leurs fautes,
    Spéculent même sur leurs votes,
Obtenant d'un ministre un emploi lucratif
Pour un de leurs parents, républicain rétif.
Et puis, d'autres encor, sans mœurs et sans mesure,
Partisans des plaisirs faciles et boiteux,
S'en vont dans un théâtre afficher leur luxure
Et, sur minuit sonnant, soupent toujours *à deux*.
. Aussi, le lendemain, les poings nus dans la poche,
Ils ronflent sur leur banc, saturés de débauche.
— Aujourd'hui nous avons un nouveau Parlement
Qu'on ne peut comparer au Reischtad allemand.
Les Bayard de l'Empire y sont en petit nombre
Et les conservateurs n'y profilent qu'une ombre.
Seuls les républicains sont en majorité
Ils pourront donc agir en toute liberté.

Là, Naquet qui, longtemps a cultivé l'estrade (1),
Pour défendre avec art les maris malheureux,
Sur ses contradicteurs, beau comme un ancien preux,
Fera pleuvoir sans fin, bourrade sur bourrade.
Là, Ferry, du dieu Pan prenant le pipeau d'or,
Vomira son pathos d'une voix de Stentor
Et Spuller qu'on dirait échappé du Cocythe.
Avec ses yeux saillants qui rappellent Thersite,
          — Yeux pleins d'éclairs intermittents,
Défendra son berger des ongles et des dents.
Si par cas son berger venait à disparaître,
Ce badois du bel air jurerait comme un reitre,
Et comme un parisien ramolli, pleurerait
Celui qui, pour lui seul, est un esprit concret.
Là, le fumeur Lepère aux lèvres échauffées,
De son patois brûlant lancera les bouffées,
Quand l'odorant Constans, joyeux comme un pinson,
Elève d'Escobar lui fera la leçon.
Ou quand le fier Devès, orateur qui manie
Avec un art exquis, l'arme de l'ironie,
Beau comme le dieu Mars, par sa fougue emporté,
Se drapera dans sa superbe nullité,
— Que seront les nouveaux élus de l'assemblée ?
Vaudront-ils mieux que ceux que je connais si bien ?
          A dire vrai, je n'en sais rien.
          Et je le dis l'âme troublée :
Un Lepère, un Devès sont rares. — O douleur !
Il faudrait visiter les quatre coins du monde
Pour trouver, faisant pièce au rubis de Golconde,

(1) Allusion aux conférences qu'il a faites sur le divorce en province.

Deux perles de cette valeur.
On n'en verra pas deux pareilles, à la Chambre
Que j'attends pour donner cours à mes cris amers,
Quand même on ouvrirait, de janvier en décembre,
Toutes les huîtres qui vivent au sein des mers.
Accours, vole vers moi, Némésis vengeresse !
  Mon cœur nagera dans l'ivresse
Le jour que je verrais s'ouvrir le Parlement,
L'aigle de Cahors dont le vol rase la terre,
Sera le président du futur ministère
  Au sein duquel, probablement,
Je verrai des Brutus de race athénienne
Sur lesquels tombera ma verge plébéienne
Et si fort, et si drû, que leurs yeux étonnés,
Verront saigner leurs flancs et tomber leur faux nez.

Raca!

Comme on disait jadis à Rome : *Par Hercule* !
En accusation ! — En accusation
  Ce ministère ridicule
Qui prête dos et mains à la corruption.
En accusation, ces financiers sinistres,
Ces tripoteurs véreux, ces vils marauds, ces cuistres.
Que mon fouet plébéien a sanglé tant de fois,
Et que la presse enfin a, d'un seule voix,
Flétri si justement voilà deux jours à peine.
Ah ! quel coup de fortune, et quelle riche aubaine
Pour mon vers satirique et pour mon cœur joyeux
De les voir pantelants, d'effroi fermer les yeux.

En accusation, ces couards, ces bélitres,
Ces arlequins dorés, ces Tartuffes, ces pîtres
Qu'on devrait, sans retard, expulser de Paris,
Et sur lesquels, sans fin, je crache mon mépris.

A Paris

Oui, tant que je verrai, l'impudence à la bouche,
Nos financiers véreux étaler, impunis,
    Leur luxe oriental et louche,
Et les voleurs prônés au lieu d'être bannis,
Pour venger hautement la morale publique,
On m'entendra toujours siffler la République,
Et je dis à ceux qui devraient être honnis :
Il n'est qu'une guenon ou qu'une maritorne
Que le premier venu heurte au coin d'une borne,
Et non une Déesse aux regards irrités,
Qui, sans rougir, supporte autant de lâchetés.

En passant

Les humbles, les petits seront toujours bernés,
Sous le talon des grands l'impudence les courbe.
Dès l'âge le plus tendre on les a façonnés
A sourire au malheur, ne sont-ils pas la tourbe ?
Oui, tant que je verrai le pître et l'aigrefin
Exploiter les petits d'une façon hautaine
Aux quatre vents du ciel je jetterai sans fin
    Mon cri de haine.

Nos petits vaniteux

Vous dites : Imitons nos pères,
Les sublimes bourgeois de l'an quatre-vingt-neuf.
Chassons le mal de ses repaires,
Que dans le vieux Paris tout soit remis à neuf.
— Holà ! vous êtes nés pour brouter dans les seigles,
Pour ronger les chardons que vous trouvez moelleux.
Vous êtes aux bourgeois de ces temps fabuleux
Ce que les ânes sont aux aigles.

En passant

Quand je vois, empruntant aux augures antiques
Leur langage ambigu, nos Mangins pleins d'ardeur,
Gravir les sommets politiques.
Je crache mon dédain sur ce flot d'impudeur.

M. Barthélemy Saint-Hilaire

Toi qui cultives l'hyperbole
Si, de ton langage élégant,
J'offrais seulement une obole,
Je commettrais, je crois, un acte extravagant.
O toi ! bavard comme une pie,
Possesseur de deux yeux atteints de myopie,
Ne pouvant discerner le blanc du noir, Pasquin !

Qui conduis aujourd'hui, le char républicain
Avec Farre et Constans, deux fameuses cervelles !
Raconte au gros Bismarck avide de nouvelles,
Que tu prendras Tunis pour complaire aux boursiers
Que tu nommes des dieux, et moi, des carnassiers.
Alors le beau Prussien, phraseur d'une autre espèce,
T'offrant son cher profil gravé sur un onyx,
Fera sortir ces mots de sa moustache épaisse :
Des bavards de ce temps, vous êtes le phénix.
Et quand tu seras mort, qu'aux voûtes éternelles
Tu monteras, porteur de ce beau sobriquet,
      Dans tes étreintes fraternelles
Tu feras frissonner ton maître *Foutriquet.*
Là, tu lui narreras d'une voix empressée,
Avec l'agilité du gosier de Nestor,
De tes nobles exploits la brillante odyssée
Que l'histoire inscrira sur ses tablettes d'or.
Et le Tacite heureux du beau siècle où nous sommes,
      Emerveillé de tes accents,
Te dira, donnant cours à ses poumons puissants :
Saint-Hilaire, mon bon, nous sommes deux grands hommes.
Et tu savoureras ce ridicule encens.
Mais pour toi, voici le revers de la médaille,
Le géant que tu mis au niveau de ta taille,
Aristote apprenant que tu vis dans les cieux,
Quittera les enfers pour mettre sous tes yeux
Son ouvrage que ta langue anti-poétique
Traduisit fièrement en français de boutique,
S'écriant, indigné de ton air satisfait,
Pour m'écorcher ainsi, maraud que t'ai-je fait ?
Tu le vois, on peut être un bon opportuniste,

Et d'après Aristote, un mauvais helléniste.
Console-toi, pourtant, le superbe Bismarck,
Pour te flatter a plus d'une corde à son arc,
Quand la mort frappera cette fière nature
Il viendra te trouver, et sa voix sèche et dure
Te dira : Sans marcher dans les mêmes chemins,
Nous tenions à nous deux l'Europe dans nos mains.
Et *Foutriquet* ravi, s'écriera : Saint-Hilaire,
Du séjour des élus sois l'étoile polaire.
Et les ailes au vent, les brillants séraphins,
Prenant leurs harpes d'or aux cordes frémissantes
Marieront avec art leurs voix retentissantes
Et rempliront le ciel de leurs accords divins. .

A Ruffino

Quand mon fouet, en sifflant, sur ton torse d'hercule,
Tombe à coups redoublés, ô grave bateleur !
  Formant bientôt une virgule,
  Ton dos se courbe de douleur.
Qu'il frappe ta poitrine ou sangle ton aisselle,
  Mes regards sont émerveillés
  Lorsque ton sang vermeil ruisselle
  Brûlant, sur tes genoux ployés.
— Qui te donna ce fouet? O barde impitoyable !
Serait-ce Némésis ? réponds. — Non, c'est le diable.
  Le diable est un original,
  Un véritable énergumène

Dont le regard railleur, brille comme un fanal.
Pour lui voir châtier l'impudence romaine,
La Némésis donna le sien à Juvénal.
Ce fouet a disparu comme le grand poète,
　　Il l'emporta dans son tombeau,
Des viveurs de son temps, il déchirait la peau,
Et Rome, de stupeur, était blême et muette.
　　Le fouet du diable est moins puissant,
Mais quand un bras nerveux l'agite avec rudesse
　　Il fait souvent couler le sang
Des Tabarins du jour qui trônent dans Lutèce
　　Couverts d'un masque grimaçant.
Juvénal flagellait des géants impudiques
Que son rire mordant, avec art bafouait.
　　Pour sangler nos nains politiques,
　　Il n'est besoin que de mon fouet.
　　Allons, mon beau fouet, siffle, éclate,
Tombe autant sur Judas que sur Ponce-Pilate,
Autrement dit, autant sur Léon Gambetta
Que sur Jules Ferry que Mangin inventa.
Fais résonner le bout de ta mêche écarlate
Tant sur Paillasse que sur Gille-Ravisseur,
Frappe le sycophante et l'impur jouisseur,
Frappe aussi sans pitié le rénégat sinistre
　　Et le bourgeois doublé d'un cuistre,
Ainsi que l'effronté, le plat ambitieux,
Les tartuffes du jour lâches et vicieux.
Sois dur pour ces gredins que ta fureur accable,
　　De leur plaintes n'aie nul souci,
Va, compte sur mon bras, il est infatigable,
　　Pour eux il sera merci.

Quand nous aurons fini notre sale besogne,
     Qu'ils gémiront humiliés,
Je prendrai de la myrrhe et de l'eau de Cologne
Pour éponger leur sang qui nous aura souillés.

Nos farceurs

Ah ! je voudrais pouvoir précipiter les foules
     Sur ces gorilles effrontés,
Sur ces chacals humains, sur ces affreuses goules
Que mon cœur plébéien a toujours détestés.
Oui, je voudrais les voir courir à toutes jambes,
     Fuyant la plèbe et les voyous,
     Alors en guise de cailloux
     Je leur jetterais mes iambes,
     Heureux ! si mon alexandrin
Pouvait les rejeter tous au-delà du Rhin.
— Un peuple qui s'éteint adore la débauche.
Son honneur n'est plus dans son sein, mais dans sa poche
Comme un sou dont il peut disposer à son gré.
Puis, plus il rampe, et plus il est considéré
— Un peuple qui s'éteint, a des bourgeois sordides,
Des Phrynés du bel air, des Alphonses splendides
Et puis, des boursiers qui, s'inspirant de Mandrin,
Ont chevaux et laquais, carosses et grand train.
— Un peuple qui s'éteint, a des couards sinistres
Qui, parce qu'on les fait députés et ministres,
     Se croient des hommes importants,
Quand ils ne sont que les Paillasses de leur temps.

Nos ministres

Non, je n'ai jamais vu de cervelles plus creuses,
Ces Catons sont doués d'un esprit si profond,
Qu'un char attelé de six mules vigoureuses
Ne pourrait pas porter les bêtises qu'ils font.
Oui, ce char serait-il conduit par Saint-Hilaire
Qui fait rire aux éclats le gamin des faubourgs
Ou par le général devenu légendaire,
Depuis qu'il a crevé la peau de ses tambours.
Seul peut-être, Cazot, aux rotules d'hercule,
Vieux cheval de renfort qui jamais ne recule
Bien qu'il fasse souvent les choses à rebours,
    Pourrait traîner ce véhicule.

La sainte canaille

Quand celui qu'on nommait le lion populaire,
Les regards menaçants, suffoqué de colère,
L'arme au poing, descendait dans la rue autrefois,
Les bourgeois se cachaient au seul bruit de sa voix.
Dans leur cave blottis, la prunelle effarée,
Du sombre souterrain ils verrouillaient l'entrée.
    Puis, couchés sur leurs coffres-forts,
Ils écoutaient tremblants les clameurs du dehors.
Alors on entendait au passage des balles
Ricochant sur les murs, écornant le trottoir,
Grogner ainsi que des pourceaux à l'abattoir,
    Ces grotesques Sardanapales
Dont les femmes geignaient au fond de leur boudoir.

C'est alors qu'on voyait au sein de la bataille,
Les groupes frémissants de la sainte canaille,
Recevoir sur leur peau couverte de haillons,
    Le plomb sifflant des bataillons
D'où s'échappaient à flots des torrents de mitraille.
C'est alors qu'on voyait à la rouge lueur
Des canons rugissants, ruisselants de sueur,
Les doigts noircis de poudre, enfiévrés, l'œil farouche,
Ces vaillants déchirer l'homicide cartouche
Que leurs fusils rouillés envoyaient dans les rangs
Des sbires du pouvoir qui tombaient expirants.
Alors, on entendait, ardents comme la braise,
Ces nobles va-nu-pieds chanter la Marseillaise.
    Et, comme aux jours de Fructidor,
La terre frissonnait sous leur voix de stentor.
    Cette imposante populace,
Des rois qu'elle abattait pouvait prendre la place,
Et s'y vautrer joyeuse, en pleine liberté.
Mais cette plèbe n'est pas une majesté
Portant un sceptre d'or, logeant aux Tuileries,
Elle est bonne à laver les noires écuries
    De l'opulente royauté.
Cette plèbe n'est pas un gommeux au front chauve,
    Vieillard précoce et ramolli,
    Loin de sentir le patchouli,
Elle répand au loin l'odeur âcre d'un fauve
Quand, en rut, il parcourt les forêts, appelant
Sa lascive femelle à l'œil étincelant.
La nature lui fit un cœur mâle et stoïque.
Toujours impétueuse et toujours héroïque,
    C'est dans de larges flots de sang

Que son pied cloue au sol un pouvoir impuissant.
Puis, quand elle envahit la royale demeure,
Si par cas un des siens dérobe sous ses yeux
Un écrin contenant des joyaux précieux,
     Elle s'écrie : Il faut qu'il meure.
Et le bandit, malgré ses prières, ses pleurs,
Tombe au bruit des vivats d'une foule ravie.
Au rebours des bourgeois qui protègent leur vie,
Ces grands déguenillés fusillent les voleurs.

En flanant

Le jour que je verrai Gambetta le cynique,
Tomber avec son masque au pied de son tréteau,
Au lieu de l'accabler de mon vers ironique,
Je couvrirai son corps meurtri, sous mon manteau.
Ainsi faisaient jadis les peuples d'Arcadie
Quand un lépreux tombait sur le sol expirant ;
Ils croyaient étouffer l'affreuse maladie
Sous leur manteau brodé d'un lainage odorant.
Et puis, je le ferai charrier à la Morgue,
Pour qu'un docteur me dise en fouillant son poumon,
     Si ce Paillasse plein de morgue
N'était point par hasard, un produit du démon.

Gambetta

Aujourd'hui, ce barnum fait de la politique,
     Science ingrate qu'il apprit
Sur l'angle du comptoir du café de Madrid.
     Vantard comme un bouffon étique,

Il en a la valeur, la faconde et l'esprit.
Les commis-voyageurs qui vendent du champagne,
  Et qui sont ses admirateurs,
  Courent la ville et la campagne
Pour le faire mousser aux yeux des électeurs.
Si jamais de ses mains jusqu'ici souveraines,
  Ce beau Schaabaam sans prix,
Du vieux char de l'Etat prenait les lourdes rênes,
On le verrait tomber à plat, en plein Paris.
Voilà deux ans et plus que ma langue hardie
Crie au peuple Français atteint de surdité,
  Que ce héros de comédie
Est le type parfait de l'incapacité.
Je le dis sans détour, je fais plus, je l'affirme,
Mais près de moi, j'entends un esprit routinier
Qui rit de mon langage et me traite d'infirme.
— Tout beau ! nous verrons bien qui rira le dernier.

En fumant un cigare

Je vous le dis dans mon langage plébéien :
Je ne vois ici-bas que deux charmantes choses,
  Ce sont les oiseaux et les roses.
Le reste ne vaut pas les quatre fers d'un chien.

Réflexion

  Le peuple, en bonne politique,
Doit se méfier d'un avocat besogneux,
  Ainsi que la harpie antique,
Il prendrait son mandat sur le front d'un teigneux.

Distique

Ponsard ! — il sut grimper au trône académique.
J'ai toujours admiré ce Corneille anémique.

Paris

Dans ce paradis qu'on renomme
Pour son esprit et son bon ton,
J'allume ma lanterne et je cherche un Caton
Mais je n'y trouve que Prudhomme.
— Si vous vous transportiez sur les bords du Gardon,
Ruant en plein soleil, dressant les deux oreilles,
Vous y rencontreriez la perle des merveilles,
Mons Cazot évoquant l'ombre du grand Danton.
A ses cris, de son cou l'on voit gonfler les veines,
Et ses congénères soudain,
Font retentir autant le soir que le matin,
Les échos d'alentour jusqu'au fond des Cévennes.
Heureux ! heureux échos ! ils repètent sans fin,
D'une voix nette et bien timbrée,
Les sons mélodieux d'un langage divin
Qui fait aboyer tous les chiens de la contrée.

Cri du cœur

Mon iambe vengeur, dans sa juste colère,
A les éclats de voix du lion populaire,
Il rugit avec force et tous les cœurs bien nés,
Ainsi que les vaillants n'en sont point étonnés.

Seuls les pîtres du jour qui font semblant d'en rire,
Eprouvent un effroi qu'on ne saurait décrire.
Ils savent tous qu'un jour, la justice viendra
Les yeux remplis d'éclairs, de vengeance affamée
 Et que sa noble main armée,
Au pied de leurs tréteaux les précipitera.

Souvenir — 1870

LES DÉFENSEURS DE LA PATRIE

 Deux hommes, les plus laids de France,
 Fort mal peignés, sentant le rance
 Bien que parfumés avec soin,
 C'était Crémieux et Glais-Bizoin,
Qui devant Gambetta faisaient la révérence.
Puis, venait Freycinet qui dessinait des plans,
 Des bastions et des hulans
 Droits et serrés dans leurs capotes.
 Et l'on voyait tous les matins,
Quand le fier dictateur dictait ses bulletins,
 Cazot qui lui cirait les bottes.
C'était grand, c'était beau ! Gambetta radieux
Rappelait Jupiter aidé de tous les dieux
 Quand il armait ses mains puissantes
 De ses carreaux toujours grondants
Qui devaient éventrer les superbes Titans
 Et leurs légions menaçantes.
C'était grand, c'était beau ! Plus nous étions battus,
Et plus le dictateur dont les mâles vertus
 Soutinrent souvent le courage

Criait : Résistons à l'orage,
Allez, rassurez vos esprits,
Je vous le dis sans vantardise :
Dans moins de quinze jours nous serons à Paris.
On le voit, c'était grand d'audace et de bêtise.

Gambetta ministre

Enfin, du gros Génois on va faire un ministre,
        Que dis-je donc ? un président
Du conseil, serions-nous menacés d'un sinistre ?
        Doué d'un caractère ardent,
Il fera dans l'ancien et dans le nouveau monde
        Une sensation profonde,
        Tant son bagout est important.
Comme Napoléon et comme Martinguerre,
        Il a la bosse de la guerre
Et le rusé Bismarck, et tous ses familiers,
Sont, comme on dit ici, dans leurs petits souliers.
        Son nom veut dire la revanche,
        Entendez-vous, fiers Allemands ?
        Doublez, triplez vos régiments,
De ses fougueux transports redoutez l'avalanche.
Son copain Freycinet, le Carnot de ce temps,
Beau d'audace et d'orgueil, va vous montrer les dents
Autrement qu'il ne fit en mil huit cent septante.
Cet homme est aussi beau qu'Achille dans sa tente.
Ah ! gare s'il en sort, du Rhin au pont Euxin,
Les clameurs du dieu Mars qui vit dans cette attente,
        Retentiront comme un tocsin.

Et du Niagara jusques aux bords de l'Ebre,
On citera le nom de ce pasquin célèbre,
Et de Moltke, malgré son âme de lion,
Aura le sort d'Hector sous les murs d'Ilion.
Là, Gambetta ceindra sa redoutable épée,
Quel Homère pourra chanter cette épopée
Où Farre remplira le rôle de Nestor.
— N'avons-nous pas Cazot à la parole d'or.
Allons, Muses, prenez vos lires belliqueuses
Faites retentir l'air sous leurs notes fougueuses
Que nos heureux enfants entendront à genoux;
Vantez de ces héros la nouvelle pléiade
      Et laissez loin derrière vous
Les chants fastidieux de la vieille Iliade.

La Dégringolade

En mil huit cent septante il se fit dictateur.
      Holà ! c'était le rang suprême ;
Puis, il baissa d'un cran, son teint en devint blême.
Baisser est ennuyeux. Ce bruyant orateur
Devint le président d'une Chambre ignorante
Dont la servilité faisait hausser la rente.
Il sut en profiter. Demain, on le fera
Ministre comme on fait un prince à l'Opéra.
Un ministre aujourd'hui n'est, certes, pas grand'chose.
Il vit le plus souvent ce que vit une rose.
— Eh ! mais, qu'en fera-t-on dans les autres quatre ans ?
— Dame ! alors il aura baissé de plusieurs crans,
Il sera député, puis, descendant encore,
Fatigué de chuter, de revers en revers,

Comme un cœur vertueux, sur les monts toujours verts,
    Il ira voir lever l'aurore.
Il pourra dire alors d'un accent convaincu :
Si je ne suis plus rien, au moins, j'ai bien vécu.
Plus tard se promenant du côté de Charonne,
Les cheveux grisonnants et le pas alourdi,
Il pourra dire ainsi que Bourdaloue au prone :
    Sic transit gloria mundi.

A Gambetta

    Crois-en le vers de ma satire,
Nul ne peut le prévoir, nul ne peut le prédire.
Si demain, le destin t'envoyait le malheur
Aux traits hâves, flétris, il te serait facile
D'aller trouver la paix dans le modeste asile
    De ta tante Molinari,
Où, grâce à toi, jamais le bonheur n'a souri.
Beau Crésus ! quand jadis, tes poches étaient vides,
Et que des clowns véreux dans leur coupé, passaient,
Tu les couvrais toujours de tes regards avides,
Sans voir que leurs chevaux fringants t'éclaboussaient,
Et le dépit courait sur tes lèvres livides.
Alors, comme Escobar prenant un air contrit,
Tout en gagnant à pied le café de Madrid,
    Où ton bagout faisait tapage,
Tu t'écriais : Quand donc aurais-je un équipage ?
Ce jour sept fois heureux est arrivé pour toi.
Tu tiens ce cher objet, et je me plais à croire
Qu'il n'est pas le cadeau d'un vieux pître de foire,
    Et puis, qu'il est de bon aloi.

Alors pourquoi laisser ta tante pauvre et nue,
Et permettre qu'un jour, une main inconnue
Lui fasse ouvertement la charité d'un pain.
C'est bon pour un Tartuffe ou pour un vil Géronte,
Riche grippe-sous qui se mire dans sa honte
En évoquant tout haut le diable son copain.
— Je connus un viveur, au temps de mon jeune âge
Qui, comme toi, devint un puissant personnage,
Harpagon sans pudeur, admirable aigrefin
Qui, sur un noir grabat, laissa mourir de faim
Sa nièce, ouvrière au regard sympathique,
Dont les traits rappelaient la Callipige antique.
Mais un jour, la Fortune aux jarrets vagabonds
Qui court à cloche-pied et par sauts et par bonds
L'ayant abandonné, ce Paillasse sinistre,
Qui manqua devenir pair de France et ministre,
Mangeait sur une borne et couchait sous les ponts,
S'estimant très heureux, n'ayant ni sou ni maille,
D'avoir pour y dormir une botte de paille.
Le lit où l'on dort bien est toujours le meilleur.
Tu le vois, le destin est un rude railleur.
Un triple sot, un cuistre, une vieille mégère,
Sans doute, en me lisant, diront que j'exagère.
Pauvres fous ! gros niais ! Napoléon-le-Grand
Mourut sur un rocher d'un cancer dévorant,
Et Robespierre sur la rouge guillotine,
Nul ne saurait prévoir ce que le sort destine
Aux bons comme aux méchants plus ou moins vicieux,
     Car dans ses bonds capricieux
     Il les terrasse et les piétine,
     Ayant un bandeau sur les yeux.

En passant

Le mal est un géant qui règne sur la terre,
Sa voix jusques au ciel gronde comme un cratère.
A frapper durement son bras est toujours prêt.
Le bien est si petit que je crains qu'il le tue.
        Le pauvret !
        Il tiendrait
Dans une feuille de laitue.

Le journal « la République française »

L'esprit qui te dirige, ô burlesque Cassandre !
A beau faire gronder la peau de ses tambours,
Non, ils ne viendront pas les vaillants des faubourgs,
Il savent que monter jusqu'à toi, c'est descendre.
Reste avec tes bourgeois et tes boursiers véreux
Dont l'avide gousset ne sonne jamais creux,
Mange et bois comme un reître, empiffre-toi, ripaille :
Comme Paillasse, un jour, tu seras sur la paille.
Tu ris de ce langage, il paraît enfantin
A ton esprit moulé dans l'airain et le bronze.
        O puissante tête de bonze !
Prétendrais-tu guider la marche du destin ?
On le dirait à voir ta morgue britannique
        Et ton aplomb de charlatan,
Toi qui, toujours pâteux, as le rire ironique
        D'un pître doublé d'un pédant,

— Ton air est arrogant, et ta lèvre est pincée.
D'où peut venir ce gros émoi ?
Ton front ne peut-il plus contenir ta pensée,
Est-ce que Charles Dilke aurait déteint sur toi ?
Toi dont les appétits ont les fortes fringales
Qui distinguent les vieux torys,
Crains-tu que ton ami le beau prince de Galles
Jette sur ton journal un regard de mépris ?
Non, non, rassure-toi, ce prince est un bonhomme
Qui chérit le pays où vit le jour Prudhomme
Etoile des couards, illustre citoyen
Au sabre intelligent, que tu bernes si bien.
Va, ne crains rien pour ta boutique,
Pour ton bagout si précieux,
Et comme le bouffon antique,
Serre ton masque sur tes yeux.
Fier comme Catinat sur sa chaise curule
O magister cynique ! ô bruyant rodomont !
Toi qui connais si bien la grammaire Lhomond,
Sur le peuple ignorant fais tomber ta férule.
Quand je lis ton pathos correct mais ennuyeux,
Morphée aux doigts de plomb vient me fermer les yeux,
Alors, rêve charmant ! je vois Polichinelle
Qui, le bâton au poing, œil en feu, rouge en peau,
Dans une pose solennelle,
Se prenant pour un Mirabeau,
Débite un long discours saupoudré de canelle.
Discours toujours orné d'un déchirant hoquet,
Discours sonore et creux, plein d'un brillant lyrisme,
Où court en claudicant plus d'un lourd barbarisme
Qu'applaudiront sans fin Cazot et Bilboquet.

Mais moi qui rends hommage à la langue française,
Moi qui respecte autant Berryer que de Séze,
Et Rollin que Guizot qui discouraient si bien,
    Sur cette plaisante harangue
Où je vois si souvent estropier la langue,
Je fais rire et rugir mon sifflet plébéien (¹).

Prise de Kairouan

O sort capricieux ! ô guerre sans pareille !
    Sans recourir à cent combats,
    Rien qu'à l'approche de nos pas,
Kairouan s'est rendu, mais c'est une merveille.
Don Quichotte, jadis, que j'ai lu bien souvent,
    Combattait des moulins à vent
Qu'il prenait, à coup sûr, pour des bandes armées.
    Farre a-t-il pris pour des Almées
Aux regards langoureux, au visage vermeil,
Les murs de Kairouan dorés par le soleil?
    S'il a commis cette bêtise,
    Ce qui ne m'étonnerait pas,
    Il faut en convenir tout bas,
    C'est bien le moins qu'on nous le dise.
    Je suis certain que Rochefort,

---

(1) Lettrés qui n'êtes pas de vils flagorneurs, qui n'êtes pas non plus de ceux qui vivent dans la peau d'un imbécile, lisez attentivement les discours de M. Gambetta, et la main sur la conscience, dites-moi si je l'ai calomnié. Il faut que cette pauvre langue française ait grandement offensé ce bruyant orateur, pour la lui voir maltraiter d'une façon aussi barbare.

En apprenant cette nouvelle,
Va dire à Ferry pour lui troubler la cervelle :
Comme chez Nicolet, de plus fort en plus fort.
        Fou de dépit, blême de rage,
Ferry qui voit ponceau quand Rochefort voit gris,
        Prenant à deux mains son courage,
        S'arrachera les favoris.
Kairouan est à nous, sans employer la mine,
Les bombes, les canons, que sais-je encore, allons,
        Qu'au bruit charmant des violons,
Chacun de nous pavoise et, ce soir, illumine,
Cette nuit, l'Elysée ouvrira ses salons.

Physionomie de l'Assemblée à la rentrée

        Dans le marais opportuniste
Où paissent au soleil tant d'esprits éminents,
Je vois, hélas ! trois cent et quelques ruminants
        Que Maret, leur antagoniste,
Devrait apprécier à leur juste valeur.
Ils mugissent, holà ! leur berger beau parleur,
        Leur recommande de se taire.
        A cet ordre, genoux à terre,
Tous ont les yeux fixés sur ce riche enjoleur.
Leur applatissement ne connaît pas de bornes.
        Si Louis Blanc ou Clémenceau
Veulent parler, soudain en mâchant leur roseau,
        Ils les menacent de leurs cornes.
        — Que feront-ils pendant quatre ans ?
— Dame ! ils entasseront toujours, par habitude,

Platitude sur turpitude,
Choses propres aux ignorants.
— Pour juger froidement le théâtre hypocrite
Où brillent tant de soliveaux,
Poëte, prends ton fouet et, selon leur mérite,
Sangle d'un bras nerveux ces Paillasses nouveaux.
— O Muse ! je suis prêt, que la toile se lève,
Et mon fouet dans ma main va se changer en glaive.
Jusqu'au jour où j'aurai sonné son hallali
Je poursuivrai sans fin ce troupeau ramolli.

Juvénal

Esprit superbe, original,
Dans ses colères frénétiques,
De tous les poètes antiques,
Le plus éblouissant, c'est toi, grand Juvénal !
Sans t'arrêter aux cris d'une plèbe indocile,
Ta verge châtiait un César imbécile
Enveloppé de pourpre et d'or.
Devant toi, ce félin au regard sombre et louche,
Quand ton rire sanglant s'échappait de ta bouche,
Tremblait comme un faon sous les serres d'un condor.
Contre les débauchés tu soutins une lutte
De laquelle toujours tu sortais triomphant,
Dépouillant ces bouffons et ces joueurs de flûte,
De leur manteau de Tyr que tu jetais au vent.
Tes sourds ricanements qui grondaient sur leur tête,
Et le mépris hautain qui sortait de tes yeux,
Avaient pour ces pourceaux l'éclat de la tempête

Qui déchire en grondant les nuages des cieux.
Pour les fiers sénateurs, les tribuns, les augures,
Pour les prêtres de mars ou du Temple d'Isis,
Tes vers, aigles puissants aux grandes envergures,
Etaient sans fin les noirs serpents de Némésis.
Et quand tu rugissais, attérés et livides,
D'une froide sueur les cheveux ruisselants,
Ils voyaient devant eux les sombres Euménides
Menaçant leur sein nu, de leurs ongles brûlants.
Puis dans ces lupanars où Priape en délire,
Redoutant les éclairs de ton œil vigilant,
Faisait parler les sens de l'ardente hétaïre,
Les libertins voilés se glissaient en tremblant.
Si bien que l'on voyait ta satire frondeuse
    Frappant, mordant de tous côtés,
Forcer à la pudeur la débauche hideuse
    Et ses disciples effrontés.
Pour descendre au niveau de ses maîtres infâmes,
Alors la plèbe, dans des transports odiéux,
Entraînant sur ses pas les enfants et les femmes,
Jetait ses excréments à la face des dieux.
Puis, quand Rome devint une truie hydropique
Qui, dans les noirs ruisseaux, aimait à prendre un bain,
On t'entendait crier dans un langage épique :
O César! donne lui des fêtes et du pain.
La France devenue, à son tour une truie
Que guide vers l'abîme un esprit infernal
Contre lequel, la folle en titubant, s'appuie,
    Attend toujours son Juvénal.

Actualité

Sont-ils contents nos bons ruraux
D'avoir été nommés députés, heureux quine !
Qui fait que chacun d'eux avec joie arlequine
Autour de Gambetta Jupin dont les carreaux
Ont le don, en tonnant, de faire des merveilles
Qui charment aussi bien leurs yeux que leurs oreilles.
Heureux ! heureux ruraux ! bétail aux reins noueux
    Qui, beau, superbe et frais de mine,
Du matin jusqu'au soir béatement rumine
    Au sein de son marais boueux.
— Quoi ? c'est avec cela, c'est avec les lumières
Qui sortiront de ces cervelles moutonnières,
Qu'on prétend arriver à la félicité.
Les électeurs auteurs de cette insanité,
    Mériteraient les étrivières.
— Je vous le dis lecteur ; n'en soyez point surpris
Si, comme je le crois, votre raison est saine,
Ah ! que d'eau passera sous les ponts de la Seine
Avant que la province ait l'esprit de Paris

Entre amis. Le grand ministère

— Non, non, je ne veux pas de votre république,
    Elle est couarde et famélique.
    Quand je la regarde de près,
    Je vois une truie à l'engrais.

Elle a l'air et le ton d'une fille publique
Et puis, elle a de si précieux députés,
Enfants de Patelin ou neveux d'Hypocrate.
Ah ! lorsque j'en vois un, mes deux poings aux côtés,
     Je ris à me fendre la rate.
Chaque fois que je voix ces ruraux rassemblés.
Je me demande, hélas ! avec inquiétude,
Ce qui pourra sortir de ces cerveaux fêlés,
     — Mais ce qu'il en sort d'habitude,
Des discours et du vent. Pourquoi vous chagriner,
     Depuis le temps que cela dure,
Cela ne devrait pas, je crois, vous étonner,
Tous sont sortis de la même manufacture.
Les beaux produits ! voyez, ici c'est Arlequin
Qui se livre avec joie à ses arlequinades.
     Suivi de son ami Pasquin
Qui, le soir, aux Laïs donne des sérénades.
Là, c'est Pierrot qui court et rit sur son tréteau,
Gourmand, goulu, bâfreur, impudent parasite
Qui hante les buffets et qui jamais n'hésite
     A prendre sa part du gâteau.
Plus loin, toujours pimpant et fou de poésie,
Comme feu Lacenaire, et beaucoup plus heureux,
C'est Crispin qui, pour plaire aux financiers véreux,
A fait, voilà six mois, un cours en Tunisie.
Plus bas, c'est Ruffino, fameux magicien
     Doué d'un appétit vorace,
Qui, retords éprouvé, sait faire le coup sien,
     Avec infiniment de grâce.
Puis viennent, conduits par le grave Bilboquet,
Des ruminants porteurs d'une longue sacoche

Qui, comme au temps de *Foutriquet*,
Pour un brin de faveur bêlent au centre gauche.
Puis vient, oh ! regardez, voyez comme il est beau,
C'est Paillasse, le roi de ces augustes cuistres.
Pour saluer ce roi. suivi de ses ministres,
 Jetez au vent votre chapeau.

Naquet et Rochefort

— Pourquoi vomir ainsi ta bruyante colère
Sur notre léader, cœur des plus délicats,
Dont les hommes bien nés font toujours tant de cas ?
Calme-toi, beau marquis du lion populaire.
—Dussé-je être maudit de nos Mangins pansus,
Des borgnes de Cahors et de tous les bossus
Que renferme Vaucluse où Pétrarque repose,
Ton puant léader pour moi n'est autre chose
Qu'une tête de turc, et je tape dessus.

Le grand Ministère et son Accouchement

D'où diable sont sortis ces métis aboyants
 Qui prennent des airs si bruyants
Pour saluer leur maître. Oh ! oh ! quelle furie,
 Ce ne sont plus des aboiements,
 Mais de rauques glapissements
 Qui font rire la galerie.
Brisson, sur son fauteuil a changé de couleur,
Présider des métis n'est point chose flatteuse.

Quand dame Politique, hélas ! devient boiteuse,
    Elle enfante dans la douleur.
    Dame ! attendons qu'elle s'accouche
    Pour saluer son fruit nouveau.
J'ai peur que cet enfant n'ait un œil gris et louche,
Que la confusion n'habite son cerveau.
Mais, à côté de moi, j'entends le gros Basile
    Qui dit, sa guitare à la main,
    L'accouchement sera facile,
Faire un enfant n'est pas un travail de romain.
Par ces mots rassuré, je gagnai ma demeure,
Puis la nuit vint, et quand sonna la douzième heure,
Ma porte avec fracas s'ouvrit à deux battants.
Et devant moi je vis une femme voilée.
Sous son voile agité brillaient deux yeux ardents.
    Sa main droite était maculée
D'un sang noir qui portait la terreur dans mes sens,
    Alors de ses poumons puissants,
Sortit une voix âpre, amère, saccadée
Qui faisait frissonner mon âme épouvantée.
Poète au noble cœur, dit-elle en frémissant,
    Un jour, ma sœur toujours bouffonne
    La pétillante Tisiphonne,
    D'un fouet railleur te fit présent.
Sans te préoccuper des sots et des bélitres,
Tu sanglas sans pitié des Paillasses, des pitres
    Et des faquins d'un air plaisant.
Aujourd'hui ce n'est pas un fouet qu'il te faut prendre,
C'est un serpent vengeur au dard étincelant.
Ce présent sans rival, seule je puis le rendre,
Je suis la Némésis au langage brûlant.

Mets dans un coin ton fouet à la mèche mutine,
Et voici maintenant à quoi je te destine.
Jusqu'aux plus hauts sommets, sans peur lève les yeux,
Marche droit à ton but d'un pas audacieux.
De ton humble foyer je serai le Cerbère.
Et là-dessus poussant un sourd ricanement
Qui fit trembler les murs de mon appartement,
Sa main, de ses cheveux, sortit une vipère
Qui se tordait sans fin en agitant son dard.
Tiens, fit-elle aussitôt : Poëte, sans retard,
Prends cette arme et sers-t-en pour châtier la tourbe ;
Que sous son dard sanglant l'imposture se courbe,
     Ainsi que le vice malsain.
Depuis lors, quand j'irais jusqu'au confins du monde,
Heureux de flageller la couardise immonde,
Je porte ce serpent enroulé sur mon sein.
Enfin, je vais juger ce fameux ministère
Où Gambetta fera la pluie et le beau temps.
Restera-t-il debout ? tombera-t-il à terre ?
Avant trois mois, je crois, il sera sur les dents.
Alors que deviendra sa majesté gênoise ?
Elle disparaîtra comme une ombre chinoise.
Et puis, que deviendront ses valets ? son Reinach
Qui, de ce pachiderme, est l'impudent cornac,
Et puis Ranc, Cazot et le reste de la bande.
M'occuper de ces beaux seigneurs de contrebande
Serait perdre mon temps. Mon aspic dédaigneux,
     A moins qu'un jour, on ne les pende,
Laissera dans leur peau crever tous ces teigneux.

La Chute du Ministère Ferry

O République ! minotaure
Que Prudhomme vénère et que Jocrisse adore,
Toi qui viens de croquer sans pompe, cette fois,
Le vidangeur Constans à ses derniers abois.
Toi que j'admire à plus d'un titre,
Toi qui viens d'avaler mons Cazot comme une huitre,
Et puis Farre au cerveau dur comme un bastion,
Ne crains-tu pas d'avoir une indigestion ?
Absorber ces trois clowns n'est pas petite affaire.
Et je le dis en ton honneur :
Tes appétits sont grands, tu dois les satisfaire.
Si tu n'en crève pas tu joueras de bonheur.

A la République

Lorsque de ton bonnet ils t'eurent dépouillée,
Pendant dix ans, ils t'ont souillée.
Ces graves ignorants bouffis d'orgueil, jaloux
D'être des vibrions, couards comme des loups,
Portaient sur ton sein blanc un regard sombre et louche.
Leurs doigts impurs serraient tes flancs,
Tu sentais les ardeurs de leurs ongles brûlants,
Prends de l'eau de Cologne et rince-toi la bouche.
Puis prends un bain de lait pour laver tes appas.
Ces requins t'inspiraient l'amour honteux du lucre.
Dans ta chambre à coucher dis qu'on brûle du sucre,

Fais racler au couteau l'empreinte de leurs pas.
Si le plus sot d'entr'eux revenait à la charge,
Dis-lui de filer doux et de passer au large.
Et si, debout sur ton pallier,
Ce maraud t'adressait un propos familier,
Prends-le vivement par la nuque,
Dis-lui que fille au cœur aimant
Ne saurait prendre pour amant
Un misérable et vil eunuque.
Alors d'un bras nerveux le forçant à plier,
Sans hésitation, crachant toute vergogne,
Comme un abominable ivrogne,
Fais-lui rouler ton escalier.
— Je ne sais jusqu'à quand, nos grotesques colosses
Viendront assiéger ton foyer.
A ta place, j'aurais près de moi deux molosses
Avec pointes en fer garnissant leur collier.
Pendant quatre ans, ton cœur sera mis à l'épreuve,
Par des saltimbanques véreux.
Mais grâce alors à tes molosses vigoureux,
De ces nouveaux époux tu serais bientôt veuve,
Allons, patientons. Comme les bonnes gens
Quand, gaiement de la vie ils descendent le fleuve,
Disons-nous : Les destins et les flots sont changeants.
Chose vieille, il est vrai, mais pour moi, toujours neuve.
Je crois à mes pressentiments.
La lutte va s'ouvrir et, comme d'habitude,
Voyons sans trop d'inquiétude,
La marche des événements.
En attendant, le temps s'écoule,
Et je m'écrie à pleine voix :

Paillasse pourra-t-il toujours berner la foule,
Sans qu'on lui donne sur les doigts.
— Mais entouré de ses Prudhommes,
Paillasse a la majorité.
— Eh ! qu'importe? j'ajoute — Et c'est la vérité. —
Que les événements sont plus forts que les hommes.
— Le destin est un dieu frappé de cécité. —
C'est toujours sous les coups d'une plèbe outragée
A la poitrine de géant,
Que les états qui croient être à leur apogée,
Disparaissent dans le néant.
Prenez l'histoire, et vous verrez que ma satire,
Dans ses vers sans apprêt aurait pu plus mal dire.

Le Grand Ministère est nommé

Comme un Paillasse au regard louche,
Tu viens de manœuvrer avec dextérité.
Comme on fait son lit on se couche.
Ce mot est plein de vérité.
Ta domesticité, le sourire à la bouche,
Vient saluer ta majesté.
Hélas ! imprudent, c'est à la chute des feuilles
Que tu leur dis de prendre en main, leurs portefeuilles.
— Augure malheureux ! — un romain du vieux temps
L'accepterait avec des grincements de dents.
Mais ta grande âme bien trempée
Ne prête à cet augure aucune attention.
N'est-tu pas notre Phocion
Aussi brave que son épée.

Ne nous l'as-tu pas démontré
Aux jours si douloureux de mil huit cent septante.
Quand, lorsqu'on se battait, tu courais effaré
Comme un cerf aux abois, t'enfermer dans ta tente
Où Freycinet-Carnot, de ses cinq doigts tremblants,
    L'œil hagard, dessinait ses plans.
Où l'hercule Cazot, blonde cariatide,
    Beau comme un chêne dans un bois,
Lorsque tu t'affaissais, de ta panse splendide
Supportait, en geignant, le formidable poids.
J'augure mal du mois où l'arbre se dépouille
    Sous l'haleine des vents bavards,
    Où ses feuilles couleur de rouille
Courent en murmurant le long des boulevards,
Chaque fois que novembre, à l'air triste et morose,
    Fera son apparition,
Crois-moi pour détourner sa fâcheuse action,
Invoque ton patron, le grand Fontanarose.
    Il écartera de son doigt,
    Puissant comme l'Antée antique,
    Le noir aquilon politique
    Qui pourrait fondre sur ton toit.

A mon Aspic

    O cher et bel aspic ! présent qu'une Furie
    A l'œil terrible et menaçant,
M'offrit pour châtier les clowns de ma patrie,
    Couverts d'un masque repoussant.
Ton virus sur leur corps forma plus d'une enflure

Qui contenait, hélas! plus de pus que du sang,
Toi qui de Némésis ornais la chevelure,
Tu t'endors aujourd'hui, sur mon sein frémissant.
Dors en paix jusqu'au jour où, d'une main hardie,
Rapide comme un trait je pourrai te lancer
      Sur tous nos rois de comédie
      Qui vont au bois, se prélasser.
Mais tu siffles, je crois, quelle fureur t'agite,
      Pourquoi sortir ton dard vermeil?
Veux-tu jouir du jour, alors sors de ton gite,
Mon gilet est ouvert, viens jouer au soleil.
      Oh ! j'aime à voir ta peau plus noire
      Que l'aile du corbeau qui fuit.
Et puis, ta raie au front, blanche comme l'ivoire
Qui, tel qu'un diamant, brille au sein de la nuit.
      Quand de ta tête fine et plate,
Je vois sortir ton dard à l'écume écarlate,
Je sens au fond du cœur un doux frémissement.
      Et puis quand, debout sur ta queue,
De ton ventre luisant je vois l'écaille bleue,
Mon esprit est plongé dans le ravissement.
      Aspic, c'est aujourd'hui dimanche,
Enroule tes anneaux autour de la pervenche
Qui flotte au gré du vent au mur de ma maison.
C'est le jour du repos. Jusqu'à l'heure où l'aurore
Eveillera demain l'ardeur qui te dévore,
      Laisse dormir ton noir poison.
Nous sommes au second dimanche de novembre,
Dis-moi donc où lundi nous pourrions bien aller?
— Ah ! comme j'ai besoin de mordre et de siffler,
Pour rafraîchir mon sang nous irons à la Chambre.

La nouvelle Chambre

Brisson est grave et solennel
Comme un vieux clergyman invoquant l'Eternel.
Du haut de sa chaise curule,
Plus terrible et plus beau que dix Jupins-tonnants,
Au lieu d'une sonnette aux larges flancs sonnants,
Il ferait bien d'avoir en main une férule
Pour châtier nos ruminants.
— Oui, mais il tient beaucoup à sa sonnette. — Dame!
Alors pour dominer leur sourd mugissement,
Qu'il s'arme, sans perdre un moment,
Du gros bourdon de Notre-Dame.
Sans son secours, comment dompterait-il les cris
De ce troupeau bêlant qui broute dans Paris.
Du temps de Gambetta, ce troupeau qui me charme,
Supporta sans broncher, plus d'une chaude alarme.
Il méritait le picotin
Qu'on lui servait chaque matin.
Aussi les Seignobos s'y portaient à merveille.
Ils étaient chaque jour bien plus gras que la veille.
Mais celui sur lequel plane aujourd'hui Brisson,
Ne mérite qu'un blanc barbotage de son.
C'est un grand troupeau dont la valeur n'est pas mince.
Là, brillent les fruits secs du barreau de province,
Et les Bichat boiteux du monde médical.
Ils broutent à mérite égal
Dans cette opulente prairie
Qu'on nomme le Palais-Bourbon,
Où l'air qu'on y respire est si doux et si bon,

Q'on y voit chaque jour, grandir leur âncrie.
Aussi, je suis joyeux quand je les vois brouter.
— Vous le voyez, je suis facile à contenter.
    Un rien me distrait et m'amuse.
J'ai besoin de cela pour égayer ma muse. —
    Quand par hasard, jour fortuné !
L'un d'eux parle, je suis tout yeux et tout oreille,
    Et sans fin, je suis étonné
D'ouïr une voix d'or qui n'a pas sa pareille.
Hier, en entendant Amagat, je le dis,
    — Et certes, vous pouvez le croire, —
    Je nageais en plein Paradis,
Le corps enveloppé des rayons de sa gloire.
Seuls les muets jaloux blâmaient cet orateur
De les éclabousser de toute sa hauteur.
— Mais que fait mon aspic ? il prend un air farouche,
En agitant son dard il s'enroule à mes doigts.
Croit-il entendre encor le sonore patois
Que le riche Amagat crachait à pleine bouche.
Non, non, modère-toi, mon bel aspic, demain
Du palais de Plutus nous prendrons le chemin,
Là, tu remarqueras les fourneaux de Trompette
Que dépeindrait bien mieux que moi Victor Hugo.
Que ton sifflet pour eux, soit l'ardente trompette
Dont le bruit fit crouler les murs de Jéricho.

Les Huîtres

— Depuis que nous avons un cabinet si riche
    En beaux diserts, en beaux esprits,
    Corbleu ! les huîtres, à Paris,

D'où qu'elles viennent, sont hors prix,
On les vend, cent francs, la bourriche.
— Eh mais ! je n'en suis pas surpris.
Les huîtres les plus ordinaires
Se vendent fort cher, dites-vous ?
Celles du cabinet qui sont leurs congénères,
Demain atteindront des prix fous.
— On dit que Gambetta les aime, — il les adore.
De ces blancs testacés il est le minotaure.
Ce pachiderme que le ciel nous envoya,
Quand il festoie avec des pîtres,
Préfère de beaucoup les huîtres
Aux herbes de l'Imalaya.
Aussi Rousseau, Devès et Targé — calvitie
Testacés savoureux arrosés d'ambroisie,
Le dos recourbé comme un arc,
S'attachent radieux aux parois de son parc.
O testacés friands ! bons à mettre en friture,
De vous avoir créés je bénis la natnre.
Les sombres mers, parfois, dans leurs flots verts et gris,
Roulent en mugissant une huître incomparable,
C'est celle qui contient une perle admirable
Que l'on voit au harem, sur le front des houris.
La reine Cléopâtre, impudente drôlesse
Qui, pour froisser l'orgueil de la chaste Déesse,
Coiffait dans ses destins le casque de Pallas,
N'en possédait que trois, hélas !
Gambetta plus heureux, esprit vaste et lucide,
Dans le sein du conseil qu'avec art il préside,
En voit pour le moins dix, briller autour de lui.
Ces belles perles sont à la mode, aujourd'hui,

On les enchâsse dans des griffes d'or ou d'ambre.
Dernièrement, j'en vis un grand nombre à la Chambre.
  En regardant ce riche écrin,
  Je dis que pour ne pas le prendre,
  Au risque de se faire pendre,
  Il faut avoir un cœur d'airain.
  Ah ! certes, la Chambre dernière
  Etait une pépinière
De Patelin fieffés et de Ricord véreux.
Mais comme les loups ne se mangent pas entr'eux,
  Quand leur intérêt les rassemble,
Ils votaient tous avec un merveilleux ensemble.
Le grand Léon Renault qu'on a mis de côté,
  D'un air rempli de majesté,
Développant ses plans aux pieds de leur idole.
Leur disait qu'à Tunis se trouvait le Pactole.
  Devant un langage aussi beau,
On entendait mugir ce ruminant troupeau
Qui, pressé de quitter son boueux marécage,
Pour voir doubler le poil qui recouvrait sa peau,
Suivait le berger qui le menait au pacage.
— Et mon pays a vu d'un œil indifférent,
Sans frémir, sans rougir, ce spectacle écœurant,
Car il s'est exprimé d'une façon sensible,
Lorsqu'il nous a dotés d'une Chambre impossible,
Où trois cents Amagat alignés sur leur banc,
Déploient en éventail leur plumage de paon.
Où nos grands avocats, pour montrer leur malice,
Empruntent l'esprit de monsieur de la Palisse,
Où nos ruraux valets des plus déterminés,
Ne s'abordent jamais qu'armés de leurs faux-nez,

Où, sur dix orateurs toussant une harangue,
On en voit huit au moins, qui piétinent la langue,
Ce qui n'empêche pas les journaux bien pensants
D'appeler ces Midas des orateurs puissants.
     Vraiment, c'est du plus haut comique,
Point n'est besoin de prendre un style académique
     Pour dire au scrutin ignorant :
Tu fais toujours petit quand tu crois faire grand.
Allons, vivat ! Bacchus nous convie à la danse,
Vénus aux reins brûlants se vautre à nos genoux,
L'amour de l'or nous grise. Ah ! réjouissons-nous
     De vivre en pleine décadence.

Gambetta chez l'acteur Coquelin

— Salut ! que fais-tu là ? — tu le vois j'étudie
     Une nouvelle comédie
De Monsieur Gribouillard, un Molière du jour,
     Hélas ! ami, je crains un *four*.
Ce pauvre auteur me fait l'effet d'être un bélâtre,
Son vers est imagé mais il ne me dit rien.
     — Laissons de côté ton théâtre,
     Occupons-nous un peu du mien.
     Je viens de faire un ministère
Si surchargé d'esprit que, s'il vivait, Voltaire
En mourrait de dépit. Colbert et Mazarin
Envieraient ces cerveaux façonnés dans l'airain.
Je veux faire avec eux demain, quoi qu'il advienne,
     La république Athénienne
Que siffle sottement le docteur Clémenceau,

Qui n'est auprès d'eux qu'un tout petit vermisseau.
Le style de Rollin et du doux Lamartine
N'est à côté du leur qu'un *rata* de cantine,
        Ils sont profonds, judicieux,
Leur verbe a la grandeur de la foudre des cieux.
— Où donc as-tu trouvé ces puissantes cervelles ?
Serait-ce par hasard, dans les couches nouvelles ?
Car entre nous, farceur, les nôtres sont si plats,
Qu'on dirait des oignons flétris par le verglas.
— J'en conviens. — Parmi nous dame bêtise abonde,
        Que veux-tu ? c'est comme cela.
        La plus belle fille du monde
        Ne peut donner que ce qu'elle a.
— C'est juste. — Alors pourquoi me prôner tes comparses
Qui ne sont bons, hélas ! tant ils sont érudits,
Qu'à jouer les Pinson qui faisaient tant de farces
Pour séduire la plèbe aux trous du paradis,
Mais aux quels, bien souvent, l'orchestre et les premières,
A grands coups de sifflet donnaient les étrivières.
        Va, gouverne cahin-caha
Avec tes beaux esprits au sein du brouhaha
Qu'ils feront naître alors qu'ils prendront la parole.
Dame ! il s'agit pour eux de bien savoir leur rôle.
Aux répétitions, recommande leur bien
De jouer finement le bourgeois plébéien.
De dire que Mathus n'était qu'un mauvais drôle,
De promettre beaucoup et de ne tenir rien.
Garde-toi d'entrer dans une colère bleue
        Quand on chutera tes Orgons.
Quoi qu'on dise, surtout, ne sors jamais des gonds,
Si tu ne veux tirer le diable par la queue.

Apprends leur à jouer les rôles de Scapin
        Et de Léandre son copain
        Qui savent, avec bonhommie,
Appeler tendrement la duègne : ma mie.
Recommande à ceux qui joueront les financiers
A l'habit de velours, d'avoir des airs princiers.
        Au magasin des accessoires,
Fais porter des tambours, des trucs, des balançoires,
Avec les gobelets, la muscade et les dés
De Bosco, qui ne sont pas encor démodés.
Dis au magasinier d'avoir divers costumes,
Des loups en taffetas, des manteaux, de faux-nez,
Des perruques et des poignards damasquinés.
Recommande surtout, pour leurrer la critique,
D'avoir du bon carmin et du vrai cosmétique.
Que tes comédiens puissent se maquiller
Pour jouer avec art un rôle à tablier.
Dans les journaux du jour cultive la réclame,
        Cette grande menteuse est l'âme
D'un administrateur qui connaît son public,
        C'est la Déesse du trafic.
Qu'elle soit courte et bonne et surtout redondante.
De brillants résultats combleront ton attente.
Avec cela, mon bon, si tu ne parviens pas
A dauber le badaud de Paris, comme un drille,
Je m'engage à jouer dimanche, Mascarille
Au théâtre Français, sans chausses et sans bas.

Une perche s'il vous plaît

-- Il se noie. — Ah ! vraiment, plaignez son infortune,
·— Qui pourrait le sauver ? — Chargez-vous de ce soin,
       Ce pauvre Paillasse a besoin
D'une main qui lui tende une perche opportune.
    — Qui donc la lui tendra ? sera-ce un radical,
       Un centre gauche, un clérical?
En attendant ce beau diable se désespère.
   —Ah ! s'il trouve jamais ce grâcieux compère,
      Il faut qu'un habile graveur,
      Sur un beau marbre de Carrare,
Incruste en lettres d'or comme une chose rare,
      Le nom sacré de ce sauveur.
 — Est-ce qu'on trouverait dans cette grande mare
Qu'on appelle la Chambre, un semblant de pudeur?
Alors je te bénis, ò hasard protecteur !
Pour trouver un nageur qui le ramène à terre,
      Il n'a qu'à dire à nos ruraux :
      A qui me sauvera, marauds !
      Demain je donne un ministère.
Alors croyez-le, dans ce troupeau complaisant,
Au lieu d'un sauveteur, il en trouverait cent.
Dès qu'on aura trouvé ce phénix, qu'on le nomme.
Il est peut-être assis au banc des tripoteurs.
Les aigrefins du jour, les couards et Prudhomme
Ne sont-ils pas ses plus fervents adorateurs.

Gambetta et Floquet

Décidément, il est le roi de ce Prudhomme
Que façonna si bien messire Foutriquet.
    Hier, il disait à Floquet :
      Demain, tu partiras pour Rome,
      Je te bombarde ambassadeur.
En entendant tomber sur son dos, cette bourde,
Floquet refusa net une charge aussi lourde,
    Il se drapa dans sa pudeur.
Je le dis, sans vouloir lui porter préjudice,
Et sans vouloir en rien altérer son bonheur,
    Quand il refusa cet honneur.
    Ce Brutus se rendit justice.
Il est rare de voir un habile jongleur
S'apprécier si bien à sa juste valeur.
    Et certes, je l'en félicite.
Pourquoi son maître, hélas ! ne l'imite-t-il pas?
Lui, toujours impudent, qui, dans tous nos débats,
Joue à l'Agamemnon quand il n'est qu'un Thersite.

Nos Hommes d'Etat

Quand émus, essoufflés, l'œil en feu, le teint pâle ;
Je les vois tous grimper au grand mât du pouvoir
    Pour y décrocher la timbale
Qui, sous les feux du jour, brille comme un miroir.
Je ris de leurs efforts. Clowns de haute lignée !
    Pour la saisir en plein, il faut
Avoir des mains et non des pattes d'araignée,

La force vous fera défaut.
Le plus gras d'entre vous, acrobate superbe
Qui n'est encore hélas ! qu'un Marius en herbe,
S'y cramponne journellement.
Comme un bon franc-comtois, calme et la peau rosée,
Le dieu qui trône à l'Elysée,
En le voyant sans fin grimper péniblement,
Se dit demain, ce pauvre eunuque
Qui veut jouer au roi puissant,
En tombant sur le sol se cassera la nuque.
Vraiment, on n'est pas plus prodigue de son sang.
— S'il venait à mourir, répondez-moi, poëte ?
Que deviendrait son cher troupeau ?
— Ce ruminant qui n'est pas bête,
Comme un serpent, en mai, saurait changer de peau,
On l'entend aujourd'hui, sur la place publique,
Crier à pleins poumons : Vive la République !
Si la chose tournait, ma foi,
Il s'écrierait : Vive le roi.
Pour vivre grassement il crierait sans vergogne :
Vive Diaphoirus ou la mère Gigogne.
C'est triste, triste, hélas ! je dis plus ; selon moi,
Il en sera toujours ainsi, mère nature
Croyant pétrir un homme ardent et plein de foi,
Ne fit qu'une caricature.
Aussi je ne fus que faiblement étonné
Quand un esprit halluciné
Me dit, dans sa riche faconde,
Que l'homme n'était dans ce monde
Qu'un singe perfectionné.

Opportuniste et Stoïcien

— D'arriver aux honneurs il vous était facile.
— Oui, mais
Il m'eût fallu flatter une plèbe imbécile,
Jamais.

Au Grand Cadurcien

Quoi? c'est avec ce ministère
Que tu dois faire grand, ô roi des effrontés !
Tu veux que nous prenions des médiocrités
Pour des disciples de Voltaire.
Tu te moques, en vérité.
Tu dois adorer le grotesque
Pour vanter des Devès, des Rousseau, des Paul Bert
Et puis, le gracieux Cazot Solon expert,
Impétueux Danton au langage tudesque.
Parmi les tiens, j'en sais plus d'un
Que tu pourrais, je crois, donner pour étiquette,
Challemel-Lacour le tribun
A-t-il repoussé ta requête ?
Cela se pourrait bien. Un homme de talent
Ne pourrait pas parler la langue de Molière,
Dans un aréopage au patois opulent,
Qui craint comme un hibou l'éclat de la lumière.
Où veux-tu donc aller avec ces cerveaux creux,
Pédagogues ruants au braîment filandreux.

Que tu prends sottement pour des esprits pratiques,
Quand ils ne sont que des jocrisses politiques.
Dame ! il faut que tu sois dénué de bon sens
Pour nous faire aujourd'hui de semblables présents.
Te faut-il des Pasquins ou des Fontanaroses
   Couverts du masque d'Arlequin,
Pour conduire à ton gré le char républicain
Au timon vacillant enguirlandé de roses,
Me trompai-je ? il se peut. Te faut-il des jongleurs
Vêtus d'une casaque aux voyantes couleurs,
Ou des ennuques noirs aux panses solennelles,
Ou des Pierrots rusés ou des Polichinelles?
Parmi lesquels Spuller aime tant à briller?
— Mais chut ! je vois venir mon lutin familier
Aux regards pénétrants, à la lèvre vermeille.
Au courant des on-dit, des cancans, des paquets,
Il me glisse tout bas au tuyau de l'oreille,
Ces cinq mots acérés : *il lui faut des laquais.*
— Des laquais ne sont point dignes de ma colère.
Leur habit galonné me remplit de dégoût.
   Au nom du lion populaire,
En me bouchant le nez je les jette à l'égout.

Gambetta chez lui

Holà ! Frontin, René, Mascarille, Laplume,
  Vous verrez qu'ils ne viendront pas.
Je crois que ces marauds sont sourds comme un enclume.
Mais chut, je les entends, c'est le bruit de leurs pas.
Eh quoi! c'est Brid'oison. — Oui, maître. — Heureux augure!

J'aime tes grosses mains et l'air de ta figure.
Puisque le gros Réné ne m'a pas entendu,
Tu le remplaceras aujourd'hui, qu'en dis-tu ?
— Oui maître, mais avant, il faut savoir... — Maroufle,
A mon service, point n'est besoin de savoir ;
Il ne faut qu'obéir, et tu fais ton devoir
Quand ta langue de chien caresse ma pantoufle.
Eh ! mais voici Réné. D'où viens-tu, vaurien ?
       — Je sors de chez Gothon l'actrice
Où j'ai sacrifié, comme un bon plébéien
Du temps où nous vivons, à Vénus protectrice.
— Enfin voici Frontin. Pourquoi viens-tu si tard ?
As-tu fait ce matin quelque sotte rencontre ?
— Si je suis en retard ne t'en prends qu'à ma montre.
— Oui, comme ton esprit ta montre est en retard.
       Fort bien, maraud, c'est peu de chose.
— Je suis tombé d'accord avec Fontanarose
Pour... — Ce n'est qu'avec moi qu'on doit tomber d'accord,
Pas un seul mot de plus, ou j'appelle Ricord
       Pour faire sonder ta cervelle.
       Je crois qu'il serait enchanté
       De faire avec dextérité
       Cette opération cruelle.
       Ton bras opéra bien souvent
Sur des chats et des chiens victimes innocentes.
Va, s'il te trépanait de ces deux mains puissantes,
Ricord ne guérirait qu'un vieux âne savant.
Allons, sans hésiter, prends ton air le moins bête,
Et fais en souriant, une plate courbette.
Que je te voie au moins sous la forme d'un arc,
Demain, j'en ferai part à mon ami Bismarck.

Ah — ah! voici venir Mascarille, âme probe
Qui cache son savoir dans les plis de sa robe.
      O grand justicier
      A l'air noble et princier !
Si tu ne portais pas sur le nez, un monocle,
On dirait, moins l'esprit, la tête de Sophocle.
O toi ! qui n'a jamais pu faire un avocat,
      Si tu viens à mourir, pauvre ange !
      Afin de ne rien perdre au change,
Je te remplacerai par le grand Amagat .
— Amagat, du barreau n'est point une colonne,
      — Il est mieux que cela, mon bon,
      Car de notre Palais-Bourbon,
      Il est la tour de Babylone.
Tu sais que cette tour perçait l'azur des cieux,
Ses créneaux s'y perdaient quand le temps était sombre.
      Je ne puis pas laisser dans l'ombre,
      Un monument si précieux.
      Pourtant, dors sur tes deux oreilles,
      Si tu venais à trépasser,
      Cette merveille des merveilles,
Avec tout son talent ne saurait t'éclipser.
Tu dois le dépasser au moins d'une coudée.
A Tours, il t'en souvient sans doute, cher Danton,
Ta voix grondait sans fin comme un doux mirliton,
      Et tu jouais à l'Asmodée.
Quel lutin tu faisais ! Ah ! quels beaux, quels bons tours
Nous avons faits alors au beau pays de Tours,
Où, Freycinet, géant de la plus grande taille,
      Ame superbe, esprit concret,
Au rebours de Trochu, général trop discret,

Etalait au grand jour, tous ses plans de bataille.
    Tu t'en souviens, n'est-ce pas, dis ?
    Les yeux fixés sur une carte,
    Moi je jouais au Bonaparte.
J'étais beau, c'est de là que nous sommes partis,
    . Et depuis lors, la bourse pleine,
    Fêtant et Vénus et Sylène,
    Nous nageons en plein paradis.
Mes chers amis, je vous blague et je vous étrille,
Comme on dit aux faubourgs, de la belle façon,
N'en soyez pas émus, imitez Mascarille
Qui n'en reste pas moins l'ami de la maison.
Voyez comme il sourit quand il reçoit sa veste,
Son air Bazilien ne trompe que les sots,
Nous nous aimons. Je suis Pylade, il est Oreste,
    Et de plus, mon garde des sceaux.
— Ah ! bon, voici Lafleur, Jacquinet et Laplume.
    En vous voyant, mes chers enfants,
    Prendre vos grands airs triomphants,
    De plaisir mon regard s'allume.
    Vous jurez tous de m'obéir,
    — Nous le jurons. — De me servir.
— Nous le jurons. — Et de m'appeler votre maître.
— Nous le jurons. — C'est bien, j'admire votre foi.
Jamais jour plus heureux ! Ah ! dites avec moi :
Le Danube et le Rhin iront joindre la Loire
Avant que ce beau jour sorte de ma mémoire.
    Et tous ces laquais complaisants,
    Devant cette frasque oratoire,
Donnent un libre cours à leurs bruyants accents
    Comme des clowns au champ de foire.

Ainsi font les pourceaux quand un bon métayer
Leur jette à pleine main des glands frais, à broyer.
C'est toujours en grognant quand leur vil groin festoye,
Que ces gras animaux manifestent leur joie.

Le journal le « Temps »

O *Temps* ! fils de Luther, journal méticuleux,
Toi qui repousserais un sujet graveleux
      Avec le dédain qu'il mérite,
Je te dirais bravo si ta plume hypocrite
N'encensait les farceurs du siècle où nous vivons.
Tu sais qu'en les prônant, tu vantes des bouffons,
Et comme un bon apôtre à la mine sournoise,
Tu fais gros dos devant la pieuvre génoise
Monstre affamé que tu jetterais au fumier,
Si revenait le temps de Philippe premier,
Temps où deux grands tribuns dont parlera l'histoire,
Nous faisaient admirer le grand art oratoire (¹).
Les *Débats* paradis de tes vieux compagnons,
Illustre Aréopage au lyrisme anémique
Où poussent à l'envi, comme des champignons
Ses dieux qui vont râler au trône académique,
Comme toi simulant un fol et tendre amour,
Embrassent les genoux des idoles du jour.
Spectacle ravissant ! là si je ne me trompe,
Dans toute sa splendeur, dans sa gloire et sa pompe,
Le divin John Lemoinne au langage émouvant,

(1) Berryer et Ledru-Rollin...

Girouette qui grince et qui tourne à tout vent,
Dans un superbe élan voisin d'un beau délire,
Fait sous ses nobles doigts aux phalanges d'airain,
Vibrer avec orgueil les cordes de sa lyre
Qui charme les échos du palais Mazarin.
Palais où d'Audiffret, seigneur de grande race,
          Cerveau classique, esprit sensé
Ecrit, hélas ! avec infiniment de grace,
          Académie avec deux C.
Tu souffres, je le sais, de voir tant d'ignorance
          Parmi tes adeptes fervents,
          Toi qui ne voudrais voir en France,
          Que des républicains savants.
          La république plébéienne
          Agace tes nerfs irrités,
Ton cœur ne peut aimer que les mâles beautés
De celle qu'un maraud nomma l'Athénienne
          A la Chambre des députés.
Ta république est donc une vieille coquette
Qui se farde avec soin et qui, le soir, caquette
Au milieu des vieux beaux qui viennent l'adorer.
Ton style que mes yeux ne cessent d'admirer,
Lui ressemble beaucoup. Carmin et cosmétique
Environnent le bec de ta plume artistique.
Aussi, lo soir venu, dans ma chambre je ris
Quand je fourre le nez dans tes premiers-Paris.
Je sifflerai toujours la basse couardise,
L'homme à double visage et l'impudent pasquin
Qui dit, cachant son jeu, je suis républicain.
Et puis, hélas ! et puis, faut-il que je le dise,
Je préfère un journal qui parle carrément,

Qu'il soit contre ou qu'il soit pour le gouvernement.
A part son style qui, souvent sent la cantine,
J'aime fort le *Pays*, il est franc de collier ;
Le cri brutal qui sort de sa lèvre mutine,
Me met en bonne humeur, bien qu'il soit familier.
J'aime de Cassagnac l'insolente franchise,
Il conserve en son cœur des souvenirs pieux,
Et puis tel que le vieux Anchise,
Ou qu'il aille, en pleurant, il emporte ses dieux ;
Tandis que toi, journal des esprits flegmatiques,
Tu mens avec l'aplomb des Augures antiques,
Et je fuis les menteurs : ils me sont odieux.

Hérault de Séchelles parlant de Danton

Quand de brillants éclairs s'échappent de ses yeux
    Et que sa voix puissante gronde,
Je crois voir frissonner, sur sa base, le monde
    Frappé de la foudre des cieux (¹).
O Séchelles ! tribun dont l'âme poétique
S'enivrait aux accents d'un chant patriotique,
    Et dont l'esprit original
Appréciait Horace autant que Juvénal,
Qu'aurait dit ton cœur si ton oreille artistique
Avait ouï Cazot dantonnant pour de bon,
    Beau comme le Midas antique,
    Aux rostres du palais Bourbon.

(1) Historique.

Langue Gauloise

L'audace n'appartient qu'aux âmes bien trempées
Qui, toujours, dans l'airain gravent leurs épopées.
Espérons que bientôt, de sa puissante main,
Gambetta, dont le cœur vaut celui d'un romain,
    Dans son ardeur patricienne,
Sur le sable mouvant saura graver la sienne.
Quand ce beau jour viendra, Prudhomme radieux
Mettra ce turbulent Paillasse au rang des dieux.
Mais, moi qui suis toujours bête comme une cruche,
Je sifflerai bien haut ce César en baudruche.
O Fortune ! quand donc verrai-je le soleil
Et le ciel azuré de ce jour sans pareil.

Monsieur, de Cahors

Je peux tout, je veux tout, apte à tout, j'aurai tout.
Et moi je lui réponds : Tu n'auras rien du tout.
    Et puis, en lui faisant la nique,
    Je dis d'une voix ironique :
Pour gagner la partie il te manque un atout.
Jadis, on voyait le traître de mélodrame,
A l'*Ambigu*, pris par un gendarme embusqué,
Toi qui sais d'un complot si mal tisser la trame,
Avant qu'il soit trois mois tu seras démasqué.

Car de tes plans grossiers la ficelle est connue.
Et quand tu seras conspué,
Honni de tous, sifflé, hué,
Le premier je rirai de ta déconvenue.

Réflexion

NAPOLÉON Ier

Peut-on le haïr ! je dis : Oui.
Deux routes s'ouvraient devant lui,
Celle du bien, éblouissante,
Et puis celle du mal, obscure et malfaisante.
Il prit celle du mal, il commit un forfait.
Il broya sous ses pieds la liberté naissante,
Cartouche n'aurait pas mieux fait.

*
* *

Si le lit de la Seine aux rives si joyeuses,
Dont les flancs sont ornés de hêtres et d'yeuses,
Venait à se sécher, et qu'on y répandît
Le sang que fit couler cet illustre bandit,
Pendant plus de vingt ans sur la terre éventrée,
Alors que les canons, préparant la curée,
Hurlaient dans leur affreux parcours,
D'un manteau de pourpre parée,
La Seine reprendrait son cours.

*
* *

Mes iambes vengeurs, dignes fils de ma haine,
Toujours et sans pitié flétrissent des héros
Qui ne sont à mes yeux que d'horribles bourreaux
Qui se nourissent de sang et de chair humaine.
Horribles aliments qu'ils savent dévorer,
Et que nul autre qu'eux ne saurait digérer.
Les peuples immoraux, à leurs heures perdues,
Comme des insensés leur dressent des statues·
    Que dans mes noirs écœurements,
Justement indigné, je couvre d'excréments.

*
* *

Quant à Napoléon, fils sanglant de Bellonne
Au cœur cerclé d'airain, soldat audacieux,
Que nous a-t-il laissé? son buste et la Colonne,
OEuvre d'un goût suspect qui fait cligner mes yeux.
Puis, je le dis tout bas à nos vaillants Prudhommes
Qui le regardent comme un objet précieux,
Ce trophée a coûté douze millions d'hommes
Et mille *Te Deum* pour louanger les cieux.

Entre Parisiens

Où vas-tu, cher ami? — Je ne puis m'arrêter
    Car j'ai mes yeux à contenter,
De ce pas je vais voir monter au Capitole,
Des affamés du jour la ridicule idole :
    Idole, que probablement,
Atteindra tôt ou tard la main du châtiment.

Dame ! alors mon sifflet racontera l'histoire
    De cette nullité notoire,
    Que je bafoue en ce moment.

Aux plats ambitieux sans fortune

Quel métier vaut le mieux ? Celui de député.
    Pour peu qu'un homme soit avide,
    Son gousset jadis toujours vide,
    De louis est bientôt bondé.
Exemple, Gambetta. Priez ce pître auguste,
    Qui doit avoir le coup d'œil juste
    Et les doigts pleins d'habileté,
    De vous donner son procédé
    Qui, certes, n'est pas ordinaire,
Et vous serez, demain, archimillionnaire.

L'homme

De tous les animaux, l'homme est le plus bouffon.
Je ris quand il me dit : Je suis un esprit sage:
D'impuretés son cœur est un gouffre sans fond,
En le voyant de près, je voile mon visage.
— Et la femme, qu'est-elle à vos yeux ? — Une fleur
Dont le vice finit par ronger la couleur.
Seul l'enfant est charmant, quand il parle, il m'enchante,
C'est un ange qui rit, c'est un oiseau qui chante.
Nature, au sein fécond que j'admire en rêvant,
Ne pouvais-tu laisser l'homme à l'état d'enfant?

La barricade Saint-Méry

LE VIEUX JACOBIN A SON PETIT-FILS

Nous étions là trois cent, calmes et résolus,
    Pas un de moins, pas un de plus.
    Nous avions tous l'âme ravie.
Aux Thermopyliens nous aurions fait envie.
Le feu des bataillons arrivait jusqu'à nous.
    Nous ripostions tous à genoux.
La barricade était comme une forteresse.
On ne put l'entamer, nous étions dans l'ivresse.
Sous le soleil de juin aux feux étincelants
Mariés aux éclairs de la poudre enflammée,
    Dans des nuages de fumée
    Nous plongions nos fusils brûlants.
Et nous tirions toujours. Et nos balles rapides
Atteignaient les soldats et leurs chefs intrépides.
Jamais nous ne tirions au hasard. Le trépas
Etendait sur le sol, dans ses sanglants ébats,
Les sbires d'un pouvoir que nous voulions abattre.
Quand on veut bien mourir il faut savoir combattre.
Ah ! plus d'un d'entre nous, eut le front fracassé.
Ce fut dans ce moment que je tombai blessé.
Un fort (¹) me porta chez un marchand de fromage

(1) Un fort de la halle.

Qui dit, en me voyant : Si jeune ! quel dommage.
Et sa femme, aussitôt, poussant un léger cri,
Ajouta : Près ne nous, vous serez à l'abri.
      O blessure deux fois heureuse !
      Car elle fut peu dangereuse.
Si le plomb meurtrier ne m'avait pas atteint,
Ainsi que mes amis Godillaud et Martin
Je me serais jeté dans ma course fiévreuse,
Quand nous fumes vaincus, dans le cloître désert
Où j'aurais entendu le sauvage concert
      Que font les vifs sifflets des balles,
Et puis là, j'aurais vu, tels que des canibales,
De farouches soldats au regard menaçant,
Le fusil à la main, se repaître de sang.
Rien d'affreux comme la soldatesque effrénée,
      Surtout quand elle est avinée
Et titube sous la vapeur d'un vin fumeux.
Les vaillants insurgés, le mépris à la bouche,
Brûlèrent sans pâlir, leur dernière cartouche.
Si j'avais été là, je serais mort comme eux.
Tous furent égorgés sans pouvoir se défendre.
Thiers fut l'ordonnateur de ce crime hideux,
Thiers, un bourgeois sans cœur dont l'âme était à vendre
Alors, au plus offrant. Et, spectacle honteux !
Je vois qu'à ce bourreau l'on dresse des statues.
Pour l'honneur de Paris qu'il inonda de sang,
      Quand, sur le sol retentissant,
En milliers de morceaux les verrais-je étendues.
Un jour, pour honorer cet exécrable nain,
Je le baptisai, tant mon âme était aigrie :
      Le mitrailleur de Transnonain.

Plus tard, Marrast, parlant de cette boucherie,
Me dit, en me serrant la main,
Thiers seul peut respirer dans ce charnier humain.

Mon Chien

Après un long séjour au pays helvétique,
Je reviens ce matin, au foyer domestique
Où, plus ou moins indifférents,
M'accueillent amis et parents.
Quand, tel qu'une balle élastique,
Mon chien au poil blanc et soyeux,
Bondit à mes côtés, me dévore des yeux
Et lèche avec transport ma main qui le caresse,
Il frissonne et gémit dans un joyeux émoi.
Les pattes en avant, sur mon sein il se dresse
Et sa queue éloquente exprime sa tendresse.
Puis retombant à terre il saute en aboyant.
Comme un rapide éclair son œil est flamboyant,
— Emporté par sa joie il ouvre sa mâchoire,
Et montre, en frémissant, ses crocs couleur d'ivoire.
Puis, secouant son poil, les narines au vent,
Il prend un petit air narquois et triomphant,
C'est de l'ivresse, du délire.
Si dans mon cœur il pouvait lire,
Il verrait que je suis ému comme un enfant.
Et vous voulez que je préfère
Un homme à ce bon serviteur,
Mais s'il venait à moi, je ne saurais que faire
De cet homme méchant doublé d'un vil menteur.

— Allons Romascubus (c'est ainsi que se nomme
Mon chien au poil soyeux), avant de déjeûner,
Pour gagner l'appétit allons nous promener.
J'aime bien mieux t'avoir à mon côté qu'un homme.

Trois coups dé dard de mon Aspic

— N'est-tu pas fatigué de flageller sans fin
            Tant le hâbleur que l'agrefin
Qui valent à mes yeux beaucoup moins qu'un gorille ?
            — Non, certes, quand je les étrille,
Et que, par les cheveux, ma main peut les saisir,
Je crains à tout moment de mourir plaisir.

* *
*

Quand Rochefort se croit un homme politique,
Parce qu'il fait souvent grincer son mirliton,
Cazot, qui sait jouer de la cymbale antique,
Peut bien se prendre, hélas ! pour un nouveau Danton

* *
*

D'où sortent tous ces cris, toutes ces invectives ?
Vous qui blâmez nos clowns de grimper au pouvoir,
De courir aux emplois, aux places lucratives,
            Parbleu ! je voudrais vous y voir.
Si vous les remplaciez sur leurs trônes de boue,
O nouveaux Annibals ! ardents et venimeux !
            Vous vous endormiriez comme eux,
            Dans les délices de Capoue.
            — Le pouvoir pour les effrontés,

Est doux comme le miel parfumé de l'Hymette,
    Quand leurs rivaux sont culbutés.
Ils disent : Ote-toi de là, que je m'y mette,
    Et les badauds sont enchantés.
— Assez, aspic, il faut donner à ta gencive
Le temps de s'emplir à nouveau, pour que demain
Tu puisses jeter ton écume corrosive
Sur les paillasses qui seront sur mon chemin.

Le ministre des cultes

Aux cultes, on a mis Paul Bert. Mais, c'est parfait.
    Eh ! quoi ? ce beau savant surfait
    Va surveiller le sacerdoce.
Qu'on lui donne au plutôt un surplis, qu'il l'endosse
Et qu'il batte, joyeux, deux ou trois entre-chats.
Il dépéça des chiens, il écorcha des chats,
S'il lui faut équarrir tous les clowns de la terre,
Il devrait commencer par le grand ministère
Où l'on remarque tant d'acrobates dorés.
L'aurait-on choisi pour écorcher les curés ?
Cela se pourrait bien. En faisant la risette,
Radieux, il prendra la fatale lancette
Que le diable en riant lui fera parvenir.
Les évêques du jour n'ont qu'à se bien tenir,
A leur place, plongé dans de vives alarmes,
    Quand il me ferait appeler,
Craignant de me voir cuire ou désarticuler,
Je me rendrai chez lui, flanqué de six gendarmes.
— Un jour, il m'en souvient, le grand Claude Bernard

Lui dit : Mon cher monsieur, voyons, en conscience,
Il ne sert à rien de tuer chien ou renard,
Vous ne ferez point faire un pas à la science.
— Jugez l'homme, — Paul Bert le ministre actuel,
Toujours facétieux, toujours spirituel,
Continua sa triste et vilaine besogne.
Vraiment, il faut avoir craché toute vergogne,
Pour faire d'un ruant de ce calibre-là
Un ministre. — Allons donc, le dieu Caligula
Fit bien d'Incitatus un consul. Cette bête
— Comme on dit aujourd'hui, — qui portait haut la tête,
Et qui, dans Rome fut un esprit dirigeant,
Broyait l'avoine dans sa mangeoire en argent.
Pour chanter ce repas, Rome eut plus d'un poète.
C'est de l'histoire. Aussi ce spectacle honteux
Souriait aux romains tombés en décadence.
Hélas ! en ce moment où règne l'impudence,
Nous en savourons un, que je trouve hideux.
— Allons, courons en foule au temple de mémoire,
        Et sur une plaque d'airain,
Burinons le profil de Paul Bert-Tabarin
Sur le corps d'un chien mort, s'endormant dans sa gloire.
— O Paul Bert ! si jamais un docteur t'écorchait
Pour voir ce qui se meut sous ta peau blonde et rose,
Il trouverait ce que ton vaste esprit cherchait,
Et l'art d'Esculape y gagnerait quelque chose.
Va, crois-moi, ce serait plein de compassion
Que je suivrais de près, cette opération
Qui me dirait ce que vaut un Fontanarose.
Après ce beau succès s'il respirait encor,
Le grand Claude Bernard irait dire à Ricord

Vaillant praticien qui, jour et nuit, travaille,
Que la science, en t'écorchant,
A l'aide précieux de son couteau tranchant,
A fait une riche trouvaille.

Distique

Quand ils vivent au sein d'une débauche infâme,
Lequel est le plus vil ? est-ce l'homme ou la femme?

Autre distique

En toute chose, hélas ! à Paris comme à Rome,
Qui sait le mieux mentir ? est-ce la femme ou l'homme ?

En passant

Les esclaves romains vénéraient le dieu Terme,
Les laquais d'aujourd'hui, mieux dressés, plus polis,
Se prosternent, heureux, devant un pachiderme
Qui sourit tendrement à ces vils ramollis.
— Sur ce, lecteur, je vais du côté de la gare,
En vous disant bonjour, achever mon cigare.

Le Marais du Palais Bourbon

Sauf Challemel-Lacour, quel homme a-t-il produit
Ce marais où Joseph Prudhomme fait du bruit.
Où l'important Devès de roseaux se sature,
Où le ruant Cazot, gommeux du meilleur ton,
Malicieux de sa nature,

Vient nous parler du grand Danton.
Où le bêlant Spuller, joyeux et frais de mine,
Allégremènt broute ou rumine.
Où l'aigle de Cahors au plumage de paon,
De son style boîteux déchire mon tympan.
Où l'Absalon Targé, d'une main frémissante,
Caresse en grommelant sa chevelure absente,
Sur ce riche marais que préside Brisson,
Je jette volontiers une charge de son.
Flatté de ce présent, tel roussin d'Arcadie,
Qui fait dans ce marais vibrer sa mélodie,
Qu'il soit bourgeois, mercier, médecin, avocat,
Savourera ce mets d'un goût si délicat,
Lecteur, pardonne-moi cette vive sortie.
Est-ce ma faute si ma langue est une ortie ?
Chacun reste comme il est né.
Langlois hennit comme un vieux cheval couronné,
Constans connu dans les quatre coins de l'Europe,
Parfumeur patenté,
Des mieux achalandé,
A l'odeur du jasmin et de l'héliotrope.
Et Madier de Monjeau, cerveau vaste et changeant
Par lequel aujourd'hui je termine ma liste,
A cessé d'être intransigeant
Pour devenir opportuniste.
— O troupeau fabuleux où figure Paul Bert,
Que de coups de bâtons dans ce monde il se perd.

Tractation [1]

Quand tu jettes sur nous, les fleurs de ta harangue,
     — J'aurais dû dire les rameaux, —
Contente-toi, Génois ! d'estropier la langue,
Et dans ton intérêt n'invente plus des mots.
Tu dis : *tractation*, et quand on te demande
Que veux dire cela tu réponds plaisamment
     Comme une servante allemande
     Qui parle un français — allemand :
Le mot tractation exprime ma pensée.
Mais en parlant ainsi, tu deviens la risée
     Des lieux publics et des salons.
Ton esprit n'est-il plus qu'une savate usée ?
A-t-il de ton cerveau passé dans tes talons ?
Je te le dis, tant pis si je te contrarie :
Quand j'entendrai vibrer ton sonore patois,
Pour te punir de ton opulente ânerie,
     Je te donnerai sur les doigts,
Me gardant de toucher à ta riche bedaine
Elle pourrait hélas ! crever comme un abcès,
Et la France en mourrait. — Comme Jean Lafontaine,
     Je te le dis en bon français.

(1) Voyez la séance du 12 décembre au Sénat.

Entre Citoyens

— Hélas ! qu'a-t-il fait ? rien. Que va-t-il faire ? rien.
Plus tard, que fera-t-il ? Mon sifflet plébéien
Vous répond plus bruyant qu'une ardente trompette.
— Cent sifflets font chorus, mais c'est une tempête
De sifflets rugissants. — Laissez faire, mon bon,
Ces sifflets parlent clair, beaucoup plus qu'on ne pense,
    Voyez, ils font *grogner* la panse
Du pachiderme qui trône au Palais-Bourbon.
Il dira qu'il fait grand, en donnant la police
Au sieur Ranc, dont il est le grave protecteur ;
Plus tard, pour nous montrer jusqu'où va sa malice,
Sans rire il nommera Reinac ambassadeur;
Il fera Bilboquet gouverneur de la banque,
Et puis, pour nous prouver qu'il est un gros malin,
Et qu'il a dans le cœur l'amour du saltimbanque,
Il fera chevaliers Trompette et Coquelin.
— Ah ! peuple de valets qu'il bafoue et qu'il berne,
Ne vois-tu pas que c'est au moins depuis quatre ans,
    Que cet Olibrius gouverne
A l'aide de huit gros ministres ignorants.
Voilà quatre ans que ces huit pantins pleins de zèle,
Ne s'agitent que quand il tire la ficelle.
Crois-tu que c'est d'hier qu'il détient le pouvoir ?
    As-tu des yeux pour ne point voir ?
Gros niais, Brid'oison ramolli, sans vergogne
Qui ne sens pas les coups, même quand on te cogne.
    Ah ! je le clame à pleine voix :

Tu connais ses efforts, ses œuvres ses exploits,
Son chef-d'œuvre Tunis, à la guerre homérique,
Qui fait rire aux éclats tous les kroumirs d'Afrique.
    Ce n'est que contraint et forcé
    Que renonçant à son passé,
    Au mois de la chute des feuilles
Il s'est approprié deux nouveaux portefeuilles.
Je sais depuis longtemps que ce beau discoureur
    Est un habile accapareur.
    Qu'il est doué d'une main leste,
Et qu'il peut au besoin…, épargnez-moi le reste.
Peuple, je le répète, et n'en sois pas surpris :
Il ne fera rien. Si cette montagne humaine
Accouchait par hasard, un jour d'une souris,
J'en rirais à me tordre au moins une semaine.

Nos ruminants

    Assis à l'ombre d'un platane,
    Débarrassés de leurs faux nez,
Je voudrais les voir tous, l'un à l'autre enchaînés,
    Marcher, coiffés du bonnet d'âne.
    Certes, je suis persuadé
Que les ruminants dont le crâne est dénudé,
Seraient bien aise de cacher leur calvitie
    Sous ce bonnet de fantaisie,
Qui fut et qui sera toujours très bien porté.
    Ces crânes aux couleurs d'ivoire
Produisent sur mes sens un effet singulier,
    O cher lecteur ! tu peux le croire,

Je prends ces crânes pour des boules d'escalier.
Cette comparaison qui, sans doute, est nouvelle,
Peut fort bien s'accepter car, je crois fermement,
Que boules d'escaliers et crânes du moment
Sont doués à peu près de la même cervelle.

Gambetta président du conseil

Nos bouffons disent : il gouverne avec prudence.
Ainsi parlaient jadis les romains ramollis
Quand, buvant le falerne, accroupis sur leurs lits,
    Ils savouraient leur décadance.
    Je me demande avec douleur
Si notre décadence est égale à la leur.
    Plus je m'interroge avec calme,
Et plus mon cœur me dit que le nôtre a la palme.
N'ais-je pas vu, ce soir, une enfant de dix ans,
Aux regards veloutés, pleins de câlinerie,
Ainsi que nos Laïs *raccrocher* les passants.
Rome ne vit jamais pareille effronterie,
Mais Rome eut Juvénal et nous avons Zola.
Le premier, aigle altier, grand dans sa raillerie,
    Et beau dans ses emportements.
Le second, taon crotté qui trône à la voirie,
    Vivant de boue et d'excréments.

Aux députés

    Commettriez-vous la faute énorme
De ne jamais brandir sur la société,
    Si vicieuse et si difforme,

L'équerre de l'égalité
Et la hache de la réforme.

Abattez d'un bras vigoureux
L'arbre hideux du mal dont le vieux tronc renferme
Les sordides instincts et les vices affreux.

Allez, frappez d'une main ferme,
Et faites resplendir avec la liberté,
L'ère de la fraternité.
Mais il faut des géants pour abattre cet arbre,
Je ne vois, ayant tous la ruse du félin,
Que des nains dont le cœur est chaud comme le marbre,
Et dont les doigts nerveux sont durs comme le lin.

Au Peuple

Toi qui jadis avais la force d'un hercule,
O sublime butor !
Je te vois aujourd'hui, Géronte ridicule,
Adorer le veau d'or.
Jadis, tu flétrissais de ta voix âpre et dure,
Le lâche et l'imposteur ;
Ta grande âme aujourd'hui de honte se sature,
Sans blesser ta pudeur.
O toi ! toi qui jadis, fut le phare du monde,
Esprit plein de vigueur,
Tu répands aujourd'hui sur un cloaque immonde
Les perles de ton cœur.
Ah ! je n'arrêterai le courroux qui m'entraîne,
Que le jour où ton bras vengeur et triomphant
Saura reconquérir l'Alsace et la Lorraine,

Jamais, jamais avant.
Alors l'esprit divin, épousant ta querelle,
Te dira : Va, reprends ta place naturelle,
Et tu redeviendras, peuple dégénéré,
Le soleil que l'Europe a toujours admiré.
O vieux peuple gaulois ! jusque là, point de grâce,
Moi simple citoyen, moi qui suis de ta race,
Je te le dis : Sans fin, tant est grand mon amour,
Ma voix t'objurguera jusqu'à mon dernier jour,
Si tu n'écartes pas des urnes plébéiennnes,
Les chacals aboyants et les viles hyènes,
Qui te flattent le jour, et te bernent le soir,
Heureux de t'assommer sous leurs coups d'encensoir.
Allons, réveille-toi. Que ta voix triomphante
Porte chez ces félins l'alarme et l'épouvante,
Fais pâlir et trembler sous ton brûlant haro,
Les hâbleurs impudents, les fruits secs du barreau.
Et les Frontins repus qui, depuis tant d'années

> Moitié renards, moitié serpents,
> Président à tes destinées
> Et s'engraissent à tes dépens.

Au dieu de l'opportunisme

Toi, dont depuis dix ans, je suis l'antagoniste,
> Cervelle d'oison, esprit fort,
> O fabuleux opportuniste !
Que dis-tu du procès de Roustan-Rochefort ?
Tu ne t'attendais pas, la chose est bien certaine,
A voir douze jurés flétrir à haute voix,

De ta riche maison les honnêtes exploits
    Que l'on compterait par centaine.
    Le grand Cartouche s'il vivait,
    Devant cet échec stupéfait,
N'osant continuer ses fructueuses courses,
Ne menacerait plus nos poches et nos bourses,
    Et nos pick-pockets ahuris,
Affolés de douleur fuiraient loin de Paris.
    Mais toi, toi qui toujours sans crainte,
    Audacieux, d'un geste prompt,
    Sans effacer la rouge empreinte
Qu'un écœurant méfait inscruste sur ton front,
Toi qui sais résister à l'odieuse étreinte
De la noire impudeur qui te serre la main,
    Toujours railleur, toujours cynique,
    Armé de ton rire ironique,
    Tu recommenceras demain.

En passant

Voilà plus de dix ans que je crie : au voleur !
Et personne n'accourt pour me prêter main forte,
Au contraire, on me dit que je suis un hâbleur
Et sans plus de façon on me jette à la porte.
Eh ! mais, je vois d'après le procès Rochefort,
Que de crier ainsi, je n'avais pas si tort.
Je vais donc maintenant faire une autre campagne,
    Je vais dire et crier sans fin,
    — Et tant pis, si je crie en vain —
Autrefois les voleurs, on les mettait au bagne.

Il fait grand

Ce beau Paillasse, il a fait choix,
Pour éclairer sa politique,
De Reinach, un juif hambourgois,
Corbleu ! c'est grand comme l'antique.
Puis il a pris sous son bonnet,
D'avoir pour chef de cabinet,
Tant ce beau Paillasse y voit juste.
Gérard, un personnage auguste
Qui s'est fait, tout dernièrement,
Naturaliser Allemand.
De quoi vous plaignez-vous ? ô Français ! gros bélîtres,
Il vous a fait cadeau de ces deux nobles pitres
Pour vous prouver qu'il faisait grand.
Voilà donc ces marauds huchés au premier rang.
Allons, saluez jusqu'à terre,
Ce César du grand ministère,
Admirez ses vastes projets,
Et montrez-vous toujours ses fidèles sujets.
Quant à moi je le dis, et le dirai sans cesse,
En maudissant tant de bassesse ;
Pauvres Français, que la couardise a mordus,
Vous qui jadis étiez la lumière du monde,
Vous vautrant aujourd'hui dans une orgie immonde,
Qu'avez-vous fait de vos vertus ?
Ces trésors de l'honneur, les avez-vous perdus ?
— Peuple, comme le cri sinistre de l'orfraie,
Le temps où nous vivons me rend triste et m'effraie,

Hélas ! je vois de tous côtés,
Des scènes d'infamie où l'honneur fait naufrage,
Et d'écœurantes lâchetés
Qui me font frissonner de douleur et de rage,
Ah ! quand je te vois, sans effroi,
Sourire à la vile impudence,
Pâle, le cœur rempli d'un douloureux émoi,
Je pleure sur ta décadence.

La décadence

Ah ! mon cœur est toujours plongé dans la tristesse,
Quand je me risque dans Lutèce,
Dont on me vante la splendeur.
Hélas ! faut-il que je le dise :
J'y vois des mares d'impudeur
Et des marais de couardise ;
Mon cœur est suffoqué de leur mauvaise odeur.
Il faut pourtant que je l'avoue,
Quand le troupeau bêlant de la Chambre est parti
En vacances, gagnant le nord où le midi,
On y rencontre moins de boue.
Hugo ! tu dois avoir une santé de fer,
Pour vivre si longtemps dans ce cloaque immonde.
Pour moi, si j'y passais seulement un hiver,
Je ne serais, hélas ! bientôt plus de ce monde.
Crois-le, chaque fois que j'y vais,
Et que j'y vois nos clowns se donner l'accolade,
Je retourne en province où je tombe malade :
La décadence sent mauvais.

— Comme au temps d'Héliogabale,
Où Rome applaudissait ce bouffon hébété,
Pauvre France souillée, échevelée et pâle,
Au bruit toujours croissant d'une impure cabale,
Tu fais de l'impudence une divinité.

La décadence est une gueuse,
Dont la main, à la peau rugueuse,
Se plaît à caresser un Paillasse effronté.
Elle a les instincts de la pie
Et les ardeurs d'une harpie,
Qui savoure l'odeur de son souffle empesté.
Aux plaisirs les plus fous, son âme s'est ployée ;
La jeunesse lui court après.
Faquins, regardez-la de près,
Vous verrez qu'elle est maquillée,
Et que ses cheveux blancs sont avec art dorés.
Il ne lui reste rien de la vierge pudique,
Elle se donne à tout hasard,
Comme la Messaline antique
Elle est heureuse quand elle trompe César.
Elle corrompt ce qu'elle touche,
Et les baisers brûlants qui sortent de sa bouche,
Sont constamment remplis d'un poison dévorant ;
Elle aime avec transport le Mangin écœurant,
Et c'est en le couvrant de son œil sombre et louche,
Qu'elle l'élève au premier rang.
Elle est la maîtresse adorée
Du Tartuffe et du flibustier.
Son corps appartient tout entier,
A la sottise ainsi qu'à la tourbe dorée,
Qu'on nomme, je crois, la haute société.

Le peuple est le dernier que sa lèvre caresse,
Et son âme hideuse est toujours d'ans l'ivresse,
    Quand elle en fait un hébété.
Dans nos grandes cités, fière, elle se promène.
On l'accueille, on la choie, et les sots et les fats,
Font, en la regardant, éclater leurs vivats,
Tant est grand le grelot de la folie humaine.
      — Plus un peuple est dégénéré,
    Plus il se croit apte à tout faire.
Sa folle ambition qu'il cherche à satisfaire,
En fait un histrion de vices dévoré.
— Ma critique pour lui doit donc être sévère,
Cet impudent se croit, comme un simple Amagat,
Un grand orateur, quand il n'est qu'un avocat.
Un lettré, quand il n'est qu'un prosateur vulgaire,
Un bon général, quand il n'est qu'un Martin-guerre.
      De plus il se croit un Colbert,
Doublé d'un Richelieu, quand il n'est qu'un Paul Bert,
Un Devès, un Waldeck-Rousseau, pauvre jeune homme
      Produit des mollets de Prudhomme,
Qui, fier comme Pallas, la déesse au grand air,
Se croit, hélas ! sorti du front de Jupiter.
— Dans quel temps a-t-on vu fleurir tant d'impudence?
O honte ! quand je vois de près ce monde-là,
Aux quatre coins du ciel je demande un Sylla,
Qui t'abatte d'un coup, horrible décadence !

Temps primitif

Au temps où les bêtes parlaient,
Vers le commencement du monde,
Quand l'homme s'armait d'une fronde,
Que les chevaux caracolaient
Sur notre pauvre motte ronde,
Bêtes et gens étaient sujets à bien des maux.
Le tigre audacieux, dans une forêt sombre,
Convoqua tous les animaux.
Ils s'y rendirent en grand nombre.
Chers amis, leur dit-il ? un esprit malfaisant,
Et malheureusement puissant,
Depuis des mois et des années
S'occupe de nos destinées.
Il faut le coucher bas et, naturellement,
Fonder un bon gouvernement.
Alors d'une voix forte et pleine d'énergie,
Le lion s'écria : Fondons la monarchie.
Mais le loup, d'un air solennel
Dit : Le gouvernement constitutionnel
Est le meilleur. Je crains ta force musculaire,
Tes féroces instincts et surtout ta colère.
Les singes et les chats tinrent pour le lion.
Et les rats pour le loup. Le petit bataillon
Des rongeurs pressentait ce que l'on pouvait faire
Sous un gouvernement propre à les satisfaire.
Pour eux, la monarchie était un traquenard.
Soudain, le regard en coulisse,

Et l'air narquois, plein de malice,
On vit se dresser le renard.
    — Amis, souffrez que je m'explique,
Je ne saurais souscrire aux deux gouvernements
Que vous nous proposez. Bien des tempéraments
Ne s'en contenteraient.—Ces mots sont sans réplique.—
Prenons donc le meilleur, fondons la république.
    Et la chose fut mise aux voix.
Le renard triompha. Quand elle fut fondée.
    La foule, d'aise transportée,
    Mit le renard sur le pavois.
    Alors on vit ce fin compère,
    — Car le diable et lui font la paire,
S'inspirant de l'enfer, s'emparer d'un palais.
Il prit un équipage. Et de nombreux valets
    L'aidaient dans ses projets cyniques.
    Et quand les dogues furieux,
En découvrant leurs crocs, le menaçaient des yeux,
Il faisait éclater des rires ironiques.
    Ce sycophante s'engraissa
    Au point de devenir difforme,
Il voyait tous les jours grossir sa panse énorme.
D'appeler vingt docteurs, de suite il s'empressa.
Un matin, il se fit apporter un trapèze,
Vers la corde volante il courut à grands pas.
Plus il s'y suspendait après chaque repas,
    Et plus il devenait obèse.
Comme ses reins dodus son esprit s'affaissa,
    Et son prestige s'éclipsa.
Dans son gouvernement, pour captiver les dames,
    Il fit entrer des ruminants,

Des gorilles, des ours et des hippopotames
      Qui faisaient des tours surprenants.
Ses favoris qui le prenaient pour un oracle,
Ne pouvaient s'empêcher de crier au miracle.
Alors un échassier qu'on appelait Ribot,
Humilié, honteux de toujours se soumettre,
      Se rengorgeant dans son jabot,
      Le fustigea de main de maître.
Ce grand éreintement fut trouvé de bon goût,
Et le rusé renard fut étourdi du coup.
Et depuis lors, les poux, les tiquets, les moustiques
Et les punaises qui lui sont si sympathiques,
Vils insectes que dans la boue il ramassa
Et qu'avec tant d'amour sa langue caressa,
Tremblent de peur devant les dogues irascibles,
Qui sont faits pour traquer les espèces nuisibles.
Ils savent tous qu'un jour pantelants, effarés,
Sans pouvoir l'éviter, ils seront dévorés.

La République opportuniste

      République
      Famélique
Qu'admire avec orgeuil Ferry le Vosgien,
Quand te verrais-je au front le bonnet phrygien ?
      Depuis que des pîtres de foire
Ont chargé d'épis d'or ta chevelure noire,
Je te vois au milieu d'un nuage d'encens,
Ainsi qu'une Laïs dont parlera l'histoire,
Le sourire à la bouche arrêter les passants.

Tes Alphonses te font une cour assidue,
Ces fervents de Priape aux gestes expressifs,
Couvrent, toujours en rut, de leurs baisers lascifs,
    Ton abominable statue.
Quand je les vois, nageant dans la joie et le vin,
Donner cours aux transports de leurs âmes vénales,
Je dis, les yeux au ciel, quand verrais-je la fin
    De ces honteuses saturnales.

La statue de l'empereur Antonin, à Nimes

Quand le fier Antonin aux passions ardentes,
Guerroyait en César sur un cheval fringant,
Cinquante jeunes gens au regard provoquant,
Avec soin épilés, suivaient toujours ses tentes.
    Sept fois heureuse la Cité
Qui fête un empereur de cette qualité.
    Justice lui sera rendue,
Par Sodome ? ce bouc a gagné sa statue.
Vous pouviez prendre, — hélas ! de vous, rien ne surprend,
O membres d'un conseil où la sottise ergote, —
Un Sigalon, le seul artiste vraiment grand,
Qu'ait jamais possédé votre ville bigote,
Je vous le dis, et si je vous blesse, tant pis,
Toujours animés d'un esprit absolutiste,
Vous avez préféré l'empereur à l'artiste,
Le fagot à la palme et le strass au rubis.

Entre amis

— Ah ! quand tu prédisais, mon cœur était en fête,
    De ton verbe j'étais frappé,
    Ami, tu fus souvent prophète,
Aujourd'hui, par hasard, te serais-tu trompé ?
    Sa grosse majesté gênoise
Fait de la gymnastique au bord de son tréteau.
— Il glisse, j'en conviens, comme une ombre chinoise
    Sur une lame de couteau.
Mais dors en paix, avant un mois, cher camarade,
    Au bruit criard de son crin-crin,
Tu verras, comme moi la fin de la parade
Que dirige aujourd'hui ce nouveau Tabarin.

En passant

    Ce clown qui joue au souverain,
    Est d'une audace fabuleuse,
    Il ment avec un front d'airain
Quand donc rendra-t-il compte au peuple souverain
    De sa fortune scandaleuse.
Si la vieille Thémis n'avait pas égaré
Sa balance aux poids d'or et son glaive acéré,
On pourrait lui crier : Interroge cet homme
Que Morgan a couvert de son or protecteur.
Mais en communion d'idée avec Prudhomme,
    Elle a perdu toute pudeur.

Je n'entendrai donc pas au sein de son prétoire,
Devant douze jurés narrer la sombre histoire
De ce célèbre escamoteur.

En passant

Vous l'ignorez, je crois, sachez-le donc lecteur,
Je ne suis qu'un gros imbécile.
Un jour, un superbe imposteur
Cousu dans la peau de Basile
Me dit qu'en révolution
Les imbéciles seuls ne trouvaient point leur place.
Qu'il fallait à tout prix flatter la populace,
Pour la dauber plus tard avec précaution.
Je répondis à ce beau cuistre :
Votre boniment est parfait,
Devenez député, voire même ministre ;
Pour moi, je ne suis pas du bois dont on les fait.
Je gardai donc avec mon esprit satirique
Mon sifflet plébéien et mon rire homérique.
Et depuis lors à belles dents,
Mon iambe correct et souvent pindarique,
Déchire en bloc tous les *Paillasses de mon Temps*.

L'homme de Cahors

Aux plats — ambitieux seuls, il peut porter envie.
Mais moi, vieux jacobin, inflexible penseur,
N'aurais-je qu'un souffle de vie,
Je maudirai toujours ce cupide farceur.

Au Peuple

Va, si tu veux avoir la République vraie,
Il te faut séparer le bon grain de l'ivraie.
     Bien que ton bras soit vigoureux,
     Pour toi la tâche est mal aisée.
     Car par des flibustiers heureux,
     Je vois la bassesse encensée.
Et cela ne paraît pas beaucoup t'émouvoir,
Quand dans l'urne, ta main va déposer ton vote,
     Tu crois avoir fait ton devoir.
Et je te vois, hélas ! voter comme un ilote.
Tant que l'instruction ne fera pas de toi
L'homme au cœur vertueux, l'homme à l'âme superbe,
     Pauvre mouton qui broute l'herbe,
Du pâtre qui te tond tu subiras la loi.
Oui, tant que tu seras plongé dans l'ignorance,
Comme un jeune enfant qui joue avec son hochet,
     Né pour endurer la souffrance.
Tu seras le goujon qu'avale le brochet.
     Ce langage est à ta portée,
C'est pour cela que je m'en sers en ce moment.
Ma muse au cœur d'airain ne t'a jamais flattée.
O plèbe que je plains ! jamais elle ne ment.
Celui qui t'appela : le lion populaire,
Titre ronflant et creux, pour moi, c'est bien certain,
Devait être un couard, quelque vieux Saint-Hilaire
     Bourré de grec et de latin.
Grand enfant sans raison, je le dis, prends-en note :

Tu n'es qu'un geai criard à tête de linote.
Ainsi l'a voulu le destin.
Cela durera-t-il ? peut-être, c'est possible.
En attendant tu sers de cible,
A Paillasse comme à Frontin.

Floquet et Gambetta

— Puisque tu veux que je m'explique,
Quand on a comme moi, servi la République,
De ses peines on doit être récompensé.
— Il fallait donc le dire. Allons au plus pressé.
— Il me faut un emploi qui bonde ma sacoche.
Entends-tu bien. — Hérold a passé l'arme à gauche
— Pauvre Hérold ! il était, comme on dit : bon enfant.
— Le remplacerais-tu ? — Très volontiers. — Avant
D'aller plus loin dans cette affaire,
Espliquons-nous ? — Que faut-il faire ?
— Ecoute, en toute occasion,
Mon préfet sera-t-il à ma dévotion ?
— Peste ! mais je... — Si tu regimbes,
Sans le moindre retard je te renvoie aux limbes.
Tu seras réduit à l'état de vermisseau,
Tu mettras de côté ton ami Clémenceau.
Ce farouche tribun, jaloux de ma faconde,
M'a voué, je le sais, une haine profonde.
C'est le chacal jaloux du lion. Ce docteur,
Saint-Just au petit pied, n'est qu'un méchant rhéteur
Qui, malgré son savoir, est fort peu sympathique.
Toujours au guet, cœur sec, froid comme un bistouri,

Il dissèque avec art son thème favori :
C'est le droit plébien ; il en fait une scie
Qui peut plaire aux voyous de la démocratie,
Mais qui ne trompe pas un renard tel que moi.
En te parlant ainsi, je suis de bonne foi.
Ses disciples sont nés pour faire des folies,
Je ne ferai jamais appel à leur concours ;
      Je n'aime pas les esprits courts.
Ainsi, c'est convenu, Floquet, tu te rallies.
      Va, comme deux anciens romains,
Heureux, l'un comme l'autre, imposons-nous les mains.
— Eh ! bien, que dites-vous, lecteur, de cette scène ?
Mais voici le bouquet, il sonne un huissier
Et, désignant Floquet, il dit d'un ton princier ;
Reconduisez Monsieur le préfet de la Seine.
— Au bas de l'escalier, Reinach l'immaculé
Dit à Floquet : Ton nom brillera dans l'histoire,
Prends cette muselière, insigne de ta gloire,
Nul chien ne sort d'ici sans être muselé.

Les Journaux

En lisant nos journaux je suis épouvanté
Quand je vois, plume au vent, la médiocrité,
La sottise impudente et l'ignorance crasse
      Sans frein ânoner avec grâce,
Au pied de l'Hélicon, en pleine liberté.
A part quelques lettrés de race athénienne,
      Doctes, profonds, judicieux
      Qui, tout en séduisant mes yeux,

Charment mon âme plébéienne.
Je vois force ruants qui lancent jusqu'aux cieux
De leur riche patois les sons délicieux,
Et naturellement, je bouche mes oreilles
En entendant vibrer leurs fugues sans pareilles.
Et puis après, je vois, colosses printanniers,
Parce qu'ils sont, hélas ! licenciés ès-lettres,
Des roquets aboyants qui pérorent en maîtres.
    Aussi, ces jeunes routiniers,
      Rêvant pour eux des jours prospères,
Se font écrivassiers, comme jadis leurs pères
Pour gagner quatre sous se faisaient cordonniers.

Aux quatre vents du ciel

A bas les paltoquets, on les siffle, on les hue.
Comme des chiens galeux on les jette à la rue.
A bas les histrions affamés et pressants
Qui couvrent leurs faux dieux d'un nuage d'encens.
A bas les flibustiers moralistes sévères
Qui, noblement taillés pour les grandes affaires,
    Sans risque d'être conspués.
S'emparent des emplois les mieux rétribués.
    A bas cette presse servile
    Qui, dans les journaux bien pensants,
Griffonne, d'une plume aussi bête que vile,
    Des Premiers-Paris complaisants.
    A bas cette foule hypocrite,
Cette tourbe hideuse aux ardents appétits
    Qui n'a que ce qu'elle mérite

Quand je la montre au doigt et que je la maudis.
— Par exemple, ce qui m'égaye et me fait rire,
C'est de voir des farceurs que l'on devrait proscrire,
Illustres marauds qui n'ont jamais rien produit,
Et qui ne produiront jamais qu'un peu de bruit,
Jouer au Richelieu, quand sous ce grand ministre,
Tous ces Olibrius à figure de cuistre,
Auraient été payés pour brosser ses habits.
Voilà la vérité. S'ils s'en plaignent, tant pis.

En fumant mon cigare

En voyant son audace et son agilité
Qui le rendent aussi vaniteux qu'effronté,
Je crois que j'ai le droit de crier : O fortune !
Qui, pour venir à lui, choisis l'heure opportune,
Quand ton cothurne d'or passe sur son tréteau,
Que de hontes ta main cache sous ton manteau.
  Hélas ! en toute circonstance,
Les merveilleux produits du stupide scrutin
  Me démontrent, c'est bien certain,
Que nous sommes tombés en pleine décadence.
  Quand les romains dégénérés
  De leurs esclaves abhorrés
Souillèrent leur grandeur en perdant leur puissance,
Ils firent empereur le célèbre Maxence,
Qui, roide-mort, d'un coup de poing tuait un bœuf.
Aujourd'hui, nous avons, tripotant à la baisse,
  Un Maxence d'une autre espèce
Qui ne crèverait pas la coquille d'un œuf,

Mais qui, doué du noble aplomb du saltimbanque,
Entasse sous ses doigts or et billets de banque
Tout en fredonnant un pont-neuf.
— Ta décadence ô Rome ! était vraiment honteuse,
Mais celle de Paris l'emporte. Elle est hideuse.

Justice

Quand le lion rugit, redoutant sa fureur,
Les ardents carnassiers affolés de terreur,
Se blotissent dans les cépées
Ou gagnent en tremblant les roches escarpées,
Justice au bras d'airain, quand donc, loin de Paris.
En le voyant debout, frémissant de colère,
Les carnassiers humains fuiront-ils, ahuris,
Aux sourds rugissements du lion populaire.
Justice au cœur d'acier, quand verrais-je la fin
Du règne des âmes vénales,
Affichant au grand jour leurs sombres saturnales
Qui font gémir mon cœur. T'invoquerais-je en vain ?
Non, que ton bras s'appesantisse
Sur ces infâmes imposteurs
Qui, se vautrant dans les grandeurs,
Rient de ta patience, ô tardive justice !

La commission des 33

Pour défendre leur gros Mangin opportuniste
Ils ont trouvé, dit-on, un ardent calviniste,
Un fameux *zigue* s'il vous plaît.
Ce grand Démosthène en baudruche

Autant avisé qu'une autruche,
Se nomme Marcelin Pellet.
Marcelin est un nom bon à mettre en musique,
Il sent l'églogue aux vers tendres et filandreux,
D'où vient ce bel oiseau ? De la terre classique
Des mauvais champignons et des Cazot véreux.
Allons, qu'avec un grand luxe de mise en scène,
Des rives du Gardon aux sources de la Seine,
On fasse honneur à Marcelin.
On dit qu'il est malade, il geint, le pauvre eunuque !
Alors sans plus tarder qu'on lui place à la nuque,
Un cataplasme épais de farine de lin.
Et s'il meurt, que Frontin ou bien Sganarelle
Aidé du grave Coquelin,
L'emporte au cabinet d'histoire naturelle
Où l'on empaillera ce nouveau Patelin.

A tous les Reinach du jour

Ah ! rien que d'y penser, mon cœur bat et frissonne,
Si je vendais ma plume à quelque cabaleur,
J'aurais tant de mépris pour toute ma personne,
Que j'en mourrais le soir, de honte et de douleur.
Elle est de race jacobine
Ma plume au bec en fer pointu comme une épine,
Cette race jamais ne se vend, elle mord
Et déchiquète comme un oiseau de rapine,
Tout Paillasse effronté, jusqu'à ce qu'il soit mort.

Gambetta à son entourage

Je fus toujours un vaurien.
Je n'étais qu'un enfant, au milieu des mélasses
De notre épicerie où je riais si bien,
Avec du papier blanc je faisais des Paillasses
Que j'attachais au bout du fouet de notre chien.
Je n'ai jamais perdu cette bonne habitube,   ,
Pour moi qui fus toujours un esprit élevé,
Le Paillasse bâfreur fut un sujet d'étude,
De l'avoir mis à jour je me suis bien trouvé.
    Vous en savez tous quelque chose.
Je vous ai fait nager dans un horizon rose,
    Et sans de pénibles efforts,
Vous avez d'un or pur rempli vos coffres-forts.
    Voilà dix ans que cela dure.
J'avais avec raison rêvé la dictature
    Pour mieux dauber tous les badauds
Qui nous applaudissaient autour de nos tréteaux.
Mais aujourd'hui, ces vils ramollis pleins de fièvre,
Eux qui n'eurent jamais que l'audace du lièvre,
Jaloux de nos exploits et de nos millions,
    Rugissent comme des lions.
Il faudra succomber. Une plèbe irascible
Que je croyais toujours bête à manger du foin,
    Nous rend en nous montrant le poing
    Toute résistance impossible.
Il faut nous séparer, ces dogues menaçants
Pourraient nous dévorer, la fureur les transporte,

Pour plus de sûreté vérouillons notre porte,
Estimons-nous heureux d'avoir régné dix ans.
Et dire que j'ai vu des hommes de mérite
Donner à ce faquin un brevet de valeur,
Quand il ne fut jamais qu'un Paillasse hypocrite
  Cousu dans la peau d'un hâbleur.
Qu'a-t-il fait dans dix ans, cet illustre fantoche ?
Rien, et vous attendez dix ans, bons électeurs
Pour vous apercevoir qu'il a bondé sa poche
Sans cesser d'être un jour le roi des imposteurs.
Non, je ne vis jamais en politique, un homme
Aussi plat, aussi court que ce borgne effronté,
  A part pourtant Monsieur Prudhomme
Quand l'aveugle scrutin en fait un député.

Entre la poire et le fromage

Te souviens-tu, Cazot, quand nous étions panés
Comme des souteneurs mis à pied par leur grue.
Quand tous les soirs d'hiver nous arpentions la rue
Affublés d'un veston, sans gants, sans cache-nez.
Nous allions au café, lieu charmant, confortable,
  Où tout en jouant ton cassis
  Tu faisais frissonner la table
  Quand tu posais le double-six.
Alors moi je cherchais de l'œil, un camarade
Qui buvait sans broncher plusieurs bocks à la fois.
Et là, tout en l'aidant, de ma plus grosse voix,
Des *Châtiments* je lui disais une tirade.
Là, j'y voyais souvent le fameux Gil-Pérès

Rival de Coquelin, le bouffon du grand monde,
Je lui disais mon cher, ton ardente faconde
   Castigat ridendo mores.
Mais alors Pipe-en-Bois à la lèvre mutine
Se gaussait bêtement de ma phrase latine.
Pauvre ignorant ! et puis te souviens-tu, mon bon,
Quand deux étudiants, la lèvre souriante
Pour apaiser leur faim, demandaient un chapon
Arrosé d'un champagne à la mousse brillante
Comme nous regardions, nous, dont le ventre creux
Grognait à belles voix, ces deux êtres heureux
Dévorant leurs morceaux d'une canine avide.
Ah ! leur bourse était pleine et la nôtre était vide.
C'était triste, vraiment. — O fortune, un matin,
Je trouvai sur mes pas le cercueil de Baudin.
Heureux cercueil ! depuis cette belle journée
La fortune a veillé sur notre destinée,
Nous sommes devenus ce que tu vois, corbleu !
Si Rochefort rit jaune, au moins nous, rions bleu.
— Mais si dans quinze jours, nous tombons. — C'est croyable. —
  Alors paillasses convaincus
  Envoyons le pouvoir au diable
Et dans nos coffre-forts entassons nos écus.

En passant

De tout temps, je l'ai vu, les hommes avancés
Sont les seuls qui voient clair chez dame politique,
Le bourgeois ignorant les traite d'insensés,
l appelle cela de la bonne critique.

Sans les intransigeants qu'on n'a pas vu faiblir,
Et qui n'ont rien du cœur du vieux capitaliste,
   Nous aurions le scrutin de liste
Et Gambetta verrait tous ses vœux s'accomplir.

En rentrant chez lui

Double Dieu ! triple Dieu ! qu'un crétin inventa.
Le diable me poursuit, la peste m'environne.
— Qui jure ainsi, laquais? —C'est monsieur Gambetta.
L'homme bien élevé, comme on dit à Charonne.
— Ils m'ont fait appeler dans leur commission.
Ces marauds étaient tous en insurrection.
   Aussi ma colère est sans bornes,
Tous, tous, jusqu'à Langlois, oui, tous m'ont fait les cornes.
   Un seul, le sensible Pellet
   Dont le regard me rappelait
   Celui du beau Narcisse antique,
   M'était tendrement sympathique.
Les faquins ! ô fureur ! A ces mots fou d'orgueil,
Il déchire ses gants et brise son fauteuil.
— Ecoute, ici, laquais, ce cyclope me touche,
Il a besoin de soins, il commence à baver,
C'est très-dangereux, comme il pourrait en crever,
Sans perdre un seul instant qu'on lui donne une douche.

La chute

Enfin il est tombé. De ce jour fortuné
   Il me tardait de voir l'aurore.
Eh ! qui parle là-bas ? — C'est Reinach, il pérore

Devant un public étonné.
Mais un coup de sifflet perforant sa harangue
Attache à son gosier sa venimeuse langue.
Il se tait, on le hue, et le peuple applaudit.
En voyant au ruisseau rouler ce juif maudit.
Quant aux autres valets de Léon-Mastodonte,
Au fond de leur foyer ils vont cacher leur honte,
Laissant le soin aux doigts du temps
D'effacer à bas bruit leurs actes impudents.
Et dire que, pendant cinq mortelles années,
Nous avons supporté, sans en être honteux,
Ces esprits malfaisants, ces cervelles bornées.
Nous aurions mérité d'être sciés en deux.
Ah ! jetons au fumier les noms de ces fantoches ;
Ils ont ce qu'ils voulaient, ils ont rempli leurs poches,
Ça leur suffit. On voit, quand ils en ont assez,
Se vautrer au soleil les pourceux engraissés.

L'effondrement

Aux appels répétés d'un énorme crapaud,
Grenouilles au dos vert sortirent de leur mare
Et firent, au soleil, un affreux tintamarre
Que le batracien, enchanté, trouvait beau.
Mais bientôt dans le ciel, précurseur des orages,
On vit s'amonceler et courir des nuages
Où le tonnerre en feu rugissait sourdement.
Le soleil disparut. La bande tapageuse,
Pour se mettre à l'abri, dans sa mare fangeuse
Se précipita bruyamment.

Ainsi firent les clowns du fameux ministère
Dont Prud'homme admirait le noble caractère,
Quand la voix d'Andrieux avec rage éclata,
Déchirant sans pitié le front de Gambetta.
  Pauvre Paillasse au pied agile,
   A la la main leste, au cœur fragile,
   Qu'il dut souffrir en entendant
L'ex-préfet de police à la parole altière,
  Toujours précis, toujours mordant,
Piétiner son orgueil dont il faisait litière.
Il tomba comme un pleutre, et les siens étonnés,
Cessant alors d'avoir une mine hautaine,
En le voyant rouler sur sa riche bedaine,
Dans leurs chapeaux discrets cachèrent leurs faux nez.
C'est alors que l'on vit accourir à la hâte
Reinach qui lui cria : Reviens de ta stupeur,
Et montre à tes rivaux irrités, que la peur
N'a jamais habité ton cœur de Spartiate.
  Sur ce, bras dessus, bras dessous,
Ces deux esprits vaillants et beaux comme l'antique
Gagnèrent à grands pas leur foyer domestique.
Ah ! pour les voir passer j'aurais donné deux sous.

Son Bilan

Hélas ! je vis un jour, drapé dans sa splendeur,
Un avocat bavard se faire dictateur,
Et puis, avec l'aplomb de l'ilote de Sparte,
Jouer au Marius ainsi qu'au Bonaparte.
Comme on dit : c'était raide. Eh ! mais, encore un coup,

Pour être aux yeux de tous, un homme politique,
Il faut, je crois, avoir étudié beaucoup.
    L'étude seule rend pratique,
    Jamais, jamais, en vérité,
On ne vit un plus gros fagot de vanité.
    Un jour, une foule alarmée
    Vint et lui dit d'un air piteux,
    De Moltke a coupé notre armée.
Tant mieux, s'écria-t-il ! ça nous en fera deux.
Vieux blagueur ! Et ce clown, de sa lèvre mutine,
Donnait des ordres au général Paladine.
Plus tard, il s'avisa de voler aux combats,
Dès qu'il vit les prussiens, au seul bruit de leurs pas,
Craignant tel qu'un poltron les coups de la tempête,
Il prit, comme l'on dit : la poudre d'escampête,
Et s'en revint, tremblant, auprès de Freycinet
Au tour duquel, Cazot, tous les jours ânonait.
Quand nous fûmes battus, il partit pour l'Espagne
Afin d'y respirer l'air pur de la campagne,
Et puis, quand Thiers eut pris les rênes du pouvoir,
Il regagna Paris très heureux de revoir
Ce pays dont toujours il aima l'élégance.
Plus tard, cet avocat, hâbleur plein d'éloquence
Que des sots ont osé surnommer Mirabeau,
Pendant six mois entiers d'une grotesque année,
Fit méthodiquement une guerre acharnée
A Mac-Mahon, le roi des culottes de peau.
Ratapoil succomba. Dame ! il reçut sa veste
Et s'éclipsa penaud, sans demander son reste.
A partir de ce jour, l'avocat fut fêté,
Les flibustiers du jour l'appelaient : Majesté.

— Hélas ! il faut que je le dise :
Tout est mortel dans l'homme, excepté sa bêtise.
Mais n'ayons plus recours à la digression,
Et reprenons le fil de ma narration.
    Comme un traître de mélodrame,
Reniant ses serments, déchirant son programme,
Il se fit une cour où de nombreux gredins,
Venaient pieusement le voir tous les matins.
Ces couards affamés, heureux de se soumettre,
Rampaient avec orgueil sous les yeux de leur maître.
Prudhomme crut en lui, les rénégats aussi,
Les bouffons du moment étant à sa merci,
Il en fit des préfets, des ministres, que sais-je ?
Il eût fait un rubis d'un charbon de Bessège.
Puis, un matin, mettant toutes voiles dehors,
Il lança son vaisseau vers les murs de Cahors.
Superbe, il aborda. La ville satisfaite,
Avide de banquets fut quatre jours en fête.
La foule s'écriait : Le voilà ! le voilà !
On vit alors le but de ce petit Sylla
Le Sénat le fit choir. Simon, plein de malice,
    Au bruits des applaudissements,
Refoula ce Frontin au fond de la coulisse.
Enfin, poussé dans ses derniers retranchements,
    Il fit un nouveau ministère
Qui vécut quelques jours, se traînant terre-à-terre,
Montrant piteusement son incapacité.
C'est alors que, d'un air rempli de majesté,
Faux comme le renard du joyeux fabuliste,
Il fit un long discours sur le scrutin de liste,
Discours qui fut sifflé par la majorité.

Je le dis carrément, car je suis fataliste :
Sur ce nouveau tremplin il manqua son élan.
C'était écrit, le sort l'a brisé comme verre.
    Lecteur au jugement sévère,
    Que dites-vous de ce bilan ?

Gambetta après sa chute

    Il se compare à Robespierre
    Cet aigle qui n'est qu'un condor
Dont les feux du soleil font cligner la paupière.
    — Il dit qu'il eut son thermidor. —
Le ruminant Reynach nous l'affirme, sans rire,
Et le ruant Cazot affirme également
Que son maître est toujours le phénix du moment.
— Cazot, *cesse de braire ou je cesse d'écrire.*

A mes lecteurs

    Lecteurs, ma tâche est terminée.
De m'avoir vu sangler les bouffons de mon temps
    Dans cette mémorable année,
Je ne demande pas si vous êtes contents.
    Je pense que vous devez l'être.
Si vous trouvez que j'ai frappé de main de maître,
Quand de nouveaux bouffons monteront au pouvoir,
Je reprendrai mon fouet et, d'une main hardie,
Je saurai châtier ces rois de comédie.
Donc, je ne vous dis pas adieu, mais au revoir

TABLE DES MATIÈRES

Nimes. — Typ. Dubois, rue Bernard-Aton. 2.

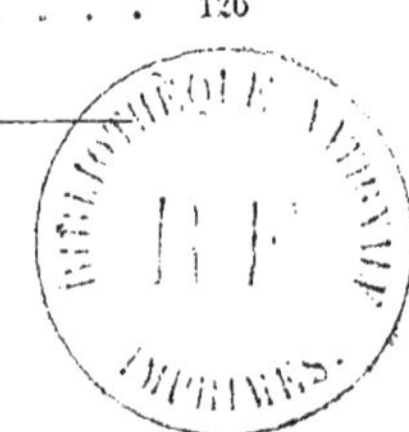

NIMES. — IMPRIMERIE TYPOGRAPHIQUE DUBOIS, RUE BERNARD-ATON, 2.